U0140971

新星出版社 NEW STAR PRESS

图书在版编目（CIP）数据

我的绝版青春／恶魔丁天著.—北京：新星出版社，2008.1

ISBN 978-7-80225-397-1

I. 我… Ⅱ.恶… Ⅲ.长篇小说－中国－当代 Ⅳ.I247.5

中国版本图书馆CIP数据核字（2007）第187641号

我的绝版青春

恶魔丁天　著

责任编辑：党敏博

责任印制：韦　舰

装帧设计：嫁衣工舍•邓凝之

出版发行：新星出版社

出 版 人：谢　刚

社　　址：北京市东城区金宝街 67 号隆基大厦　100005

网　　址：www.newstarpress.com

电　　话：010-65270477

传　　真：010-65270449

法律顾问：北京建元律师事务所

读者服务：010-65267400　service@newstarpress.com

邮购地址：北京市东城区金宝街67号隆基大厦　100005

印　　刷：北京中科印刷有限公司

开　　本：880×1230　1/32

印　　张：8.75

字　　数：117千字

版　　次：2008年1月第一版　2008年1月第一次印刷

书　　号：ISBN 978-7-80225-397-1

定　　价：20.00 元

叩击心录

目录

黑暗中盛开的鲜花

从前，我谈过一场宿命般的恋爱。所谓宿命，我是指，一旦邂逅，注定彼此纠缠，直至都被毁掉的命运。非常不幸，我的恋爱因为常常关涉两个女孩而愈发显得纠缠和凌乱。

我喜欢的那个女孩，性格内向安静，喜欢阅读和音乐。记忆中的夏日时光，她常常在窗前独坐，手捧一本《萨朗波》，凝神在遥远某处的故事中，桌角的CD机里传出的钢琴曲低回轻柔、若有若无。我走到她身边时，她抬起头茫然地看我许久，眼神中有微微惊讶，然后仿佛才回过神，思绪从远处回到现实，脸上露出甜美的笑容。

少年时代的我认为她小小的房间是世上最神秘最值得向往的地方，迷漫着令人沉醉的性感气息，甚至小小的书架上摆放的书和CD都带着某种神秘意味。她指给我看《千鹤》中菊治和太田夫人初次相遇的段落，少年被风骚的中年妇人诱惑，堕落与不伦的种种细节令人怦然心动。纸间仿佛传来身边女孩内心幽深处的声音，来呵，毁掉我，让我永远记住你。

我无法阅读，她洁白的身体让我眩晕。我努力克制汹涌的青春期情欲，直至自己完全崩溃。来呵，毁掉我，让我永远记住你。她是这样说过的。可是，每到最后一刻，她又常常改变了主意，拒绝我进入她的身体。自始至终，我们只能用一种方式互相完成。自始至终，她的身体就像是我的青春一样洁白。

喜欢我的那个女孩，那年只有十三岁。现在，我已无法确定我是否曾占有她的肉体，只是深深记得，我恐惧她脸上流露出的偏执目光。无力摆脱她的纠缠，如同无力抗拒她主动送上的身体。她锋芒毕露的个性是我少年时的噩梦。

事情就是这样，我喜欢的女孩是干净的，她的脸，她的身体，她的气息和声音都如音乐般纯净。喜欢我的女孩却是脏的，狐狸般的尖下颏，还没有完全发育成熟的纤瘦身体，张嘴就来的谎话，令人惊惧的随随便便地面对性或者面对一切事物的态度。

如此格局，是我成长的全部秘密。在一个和另一个之间犹疑，犹如从此岸到彼岸，不断往返。

当然，如此的关系，通常极短暂，最后，也都是以令人深感不愉快的方式被终止。

对我来说，有些事算得上刻骨铭心。以至，在时过境迁后，我多次试图遗忘。事与愿违的是，我越是努力，她们越是执拗地提醒我，她们曾经存在，并且变换了形式，依旧暗暗存在于我的生活中。

很多年以后，我和女孩诺诺邂逅。她说，那些少年往事，那些美貌的女孩子，是暗夜中曾经为你盛开的鲜花，你只有用文字才能把她们埋葬。

她说，去写吧，让她们在最美的文字中为你的青春殉葬。

诺诺是电台午夜档节目的主持人，长着一张苍白的小小的狐狸脸，瘦高的个子。认识我以后，喜欢对我的事情评头论足。

据她说，她的工作就是坐在麦克前，一边涂指甲油，一边不停地说废话，累了就放段音乐，有兴致时才会接热线。打来电话的人大多被情感困扰着，苦痛缠身，不得解脱。女孩说："问题是，我也帮不了他们，他们遇到的麻烦在我看来都太奇怪了。"

"比如说呢？"我问她。

"没法比如。总之就是太奇怪了。"

我盯着她的大眼睛，静默片刻，笑了。果然是有会说废话的职业个性。

她叹息一声，说："总之呢，我就是一个工具，一个用来安慰别人的工具。我存在的意义就是去安慰这城市黑暗角落中的不眠人。"

抒情的时候，她转头去看酒吧窗外的街道。我顺着她的目光望去，街上空荡荡的，除了昏暗的街灯和偶尔一辆缓缓驶过的空出租车，没有任何人迹。

遇到女孩之前，我的生活陷入某种崩溃状态。十七岁时一段青春期的恋情，因为种种原因，在逃避了十年之久后，我突然感到，如果不去面对，那段漫长的青春期，我将永远也无法度过。

我只能可笑地在肉体意义上的青春扬帆远去时，情感还停留在青春期黑暗的深渊中无法自拔，不得解脱。

去写，去回忆，去面对，去梳理，对我的意义之重大犹如一次横渡，身陷暗流漩涡中，是要游过去上岸才算数的。

诺诺剪着男孩子样式的短发，大眼睛，尖下巴，胸很小，身高 168 公分，却只有 45 公斤。骨感至此，正是那种让我一见倾心的命定式女孩。

短发，大眼睛，尖下巴，小胸，瘦高，脸上的表情在细微处隐藏着某种甜美、天真，或者还有放荡。我也不知道我为什么就是喜欢这样子的女孩。最重要的是，我少年时喜欢的女孩也是这种样子。

这样的女孩总是轻易令我动容，令我好奇，令我忍不住靠近，观赏玩味。

夜深人静时，女孩说，青春本身就像一场死里逃生的恋爱，即使不愿在记忆中珍藏，想忘掉总是不容易的。

后来，女孩又说，投入一场恋爱，她定要吸走他所有的精气魂魄，也要让自己把全部的血肉放置其中，尽情到不惜互相伤害。

闻言，我悚然，肃然，悦然，突然，惶然，黯然，然后深以为然，像深夜偶然看到洁白的花朵在眼前寂寞绽放。

所有的故事，都有从这一刻开始的。

我知道，她们都是像水般的女孩子，至柔、清澈、明净，在美丽的感官愉悦背后，有着足够淹死人的无形力量。那水是流沙河的水，水面景色宜人，水下白骨成堆。

曾经，她给我写过许多封情书，字体娟秀，文笔优美，渗透出细腻得令人窒息的依依情怀。我把那些信重新翻看，心如刀割般疼痛。在当时，我最深地体会了什么叫做生离当做死别。对我来说，那些曾经盛开的鲜花早已凋落，像是死去的人，事实上，我们一生不会再有重新相逢的一刻。

黯然销魂，唯别而已。十七岁时喜欢过的女孩写给我的最后一封信，曾引用如此一句话。重看，情感依旧轻易崩溃，少年时的我曾以为今后必定是行尸走肉般的生了。

当夜，恍然有人在我身边叹息，她凝视我睡梦中的脸。醒醒，我要你记得我的身子，永远。她的脸如纸般雪白，渐渐被黑暗吞噬。

于是，我再次开始战栗和悚然，再次还原个人的青春真相，再次无耻，再次化脓，再次沉溺，再次重温。

十年

1

那时候，村上春树说，好的小说总是应该以“很久很久以前”这个句式开始，到“你不认为这个故事催人泪下吗”结束。

此话出自《百分百女孩》，讲男人应该怎样向街上迎面走来的漂亮女孩搭话的故事。这是从前这城市的一位民谣歌手最喜爱的村上小说，他非常喜欢向刚刚认识的陌生女孩们讲述这个故事。几乎所有的女孩都承认故事有点意思，但并不催人泪下。我此生只向一个女孩讲过这故事，女孩听完沉吟了许久，竟然说，确实催人泪下。女孩名叫佳佳，在电台做夜间节目的播音DJ。据说她喜欢的是那种天旋地转脚尖离地眩晕得找不到北的超现实主义的爱情模式。

好，现在就以村上春树先生的小说理念来讲述邂逅佳佳那一夜的故事。讲述前，我们不妨先探讨一下，客观的“时间距离”和主观的“感人泪下”两者间的关系。到底多久以前的旧事才更令人感动以至会催人泪下呢?

权且设定“很久很久以前”为十年吧。

可以吗?村上先生。

2

很久很久以前，十七岁的我爱上了一个名叫陶薇的女孩。那是我生命中第一次像模像样的恋爱，即所谓初恋。恋爱维持的时间很短，从相互表白，确定彼此的恋情，到相约分手，只有夏天两个月的时间。那是一场男孩和女孩在情窦初开的年纪所进行的秘密又慌乱的恋情。所有人，包括老师和各自的家长谁都不知道我们是一对小情人，但是谁都可以感觉出我们处在恋爱中——神情恍惚，学习成绩下降。为了平息彼此终日惶恐不安的情绪，陶薇决定和我友好分手，彼此把对方当做完全不认识的陌生人。

离开学校以后，我再没有见过陶薇。听人说女孩中学毕业后就随父母到了美国去念书，从那以后，她便跟中学时代的所有朋友都没有了联系。另外一些人说陶薇是在大学毕业以后才出国的，嫁给了她们的外教老师，嫁到了希腊。后一种旧日同学间的传闻让我听来更觉有意思。希腊?真是很难想像那是个怎样的国家，是不是那里所有的男人都有着雕刻般的肌肉?

无论怎样，按照“永远的分别即是另一种死亡”的说法，陶薇在我的生活中已经是个死去的人了。作为一个曾经年轻过、漂亮过的女孩，陶薇仅仅活在我的回忆里。所以，很久很久以后，我不期然间想起和陶薇那段短暂却令人难以忘怀的恋情时，便写下一篇可以用深情来形容的小说《刀锋少年》。在书中，陶薇被我想像成那种纪念品式的女孩，她仿佛是我整个青春期唯一值得记起和留恋的美丽事物。

恰是因为那本书，我才会被请到电台做直播节目，由此认识了做电台 DJ 的佳佳。

佳佳就是那个认为《百分百女孩》确实催人泪下的女孩。

3

直播间寂静得让我有些心跳。通常，在如此静谧如此封闭幽暗的空间，坐在身边的漂亮女孩的脸庞和露在裙外的小腿又像瓷器般闪着洁白的光泽，我确实很难不心猿意马，神散情迷。

我对着麦克，清清嗓子，说："我觉得我们这茬人赶上了一个最好的时代，一个真正的抒情时代。"

漂亮的女主持人笑了。她面带微笑地看着我，片刻，故作有深度状，像审犯人般地问道："为什么呢？你为什么这样觉得？说说吧。"

好在事先做过些准备，我闭上眼睛开始胡说："我们这代年轻人在记忆中几乎没有任何真正创痛的经验，上一辈人的苦难经历，我们都没有经历过……从幼儿园开始，我们就不断地被告之我们是开创未来的新一代。离开学校，我们又赶上了一个非常开放的多元化的时代，似乎我们可以在任何领域做任何想做的事。我记得那是1993年吧，我一个喜欢音乐的朋友在美国一边读书一边刷盘子。有一天，他给我寄了几张他倚在汽车上的照片，写信问我国内的音乐形势怎么样。我告诉他说你赶快回来吧，现在你在国内做音乐也可以买到车，前提是你的手没有因为每天刷盘子而忘了怎么弹吉他。”

说到这儿，我笑了。佳佳也跟着笑了。我觉得女孩笑起来很甜，很好看，不知为什么，有种似曾相识的感觉。我是不是在哪儿见过这个女孩？想了想，确实不认识。可是只要她一笑，我立刻就会产生出某种似曾相识的感觉。所以，那天晚上，在整个节目直播中，我总是尽量想把问题回答得有趣一些。

佳佳转换了话题，说：“谈谈你文字中的那个女孩子吧。她在现实生活中的情况。哪里是虚构，哪里是来自真实生活？”

我想了想，说：“她没有原型，几乎全部来自虚构。我在学生时代是百分百的好孩子，乏味得连女孩的手都没牵过。”

答案显然令佳佳非常不满，她眨巴眨巴大眼睛，甚至微微轻叹一声，然后说：“好吧，那么你跟听众朋友们谈一谈你自己的经历吧？”

我说：“我没什么特别的经历，活得很平淡很肤浅，我的生活经历和大部分我这代人是一样的，没有什么可以炫耀的事也没赶上什么特别重大的事。”

女孩低头翻看了一下她的采访记事本，问：“那说说你写这本书的故事背景。”

为了不让声音通过麦克传出去，我暗暗地长吁了口气，说：“没有什么特别的故事背景，该说的都在文字中了。如果看到那些文字的人能联想起自己从前的某些美好时光，我想这就够了……”

我停下来，女孩鼓励地看着我：“继续说。”

我说：“没有了。该说的都说完了。”

女孩说：“嗯。我想有一首歌，一定与你文字的情绪很合拍，我们来听听这首好听的歌吧，旋律非常美妙动人，是许茹芸的《如果云知道》。”

音乐响起，麦克关掉以后，女孩照我的膝盖上突然猛拍了一下，她说：“我操，你是来踢馆的吧？”

“什么意思？”

“砸场子。”

“不懂。”

“毁我？”

“没有啊，我一直很配合。”

“老大，我一个小时的节目啊，这才十分钟你就没话说了。”

我点点头，迟疑了半响，说：“你播许茹芸也够砸我场子的。”

女孩的节目是晚上十点半的，直播完成后已经是午夜了。摘下耳麦，女孩对我说："你晚上睡得早吗？"

我有点莫名其妙，问："怎么？"

女孩笑着说："想请你去酒吧坐坐，聊聊天，如果不耽误你时间的话。"

我摇摇头："那怎么行呢？绝对不可以。"

说完，看到女孩脸色略显尴尬，我话锋一转，嬉笑说："如果不耽误你时间的话，我特想请你。"

女孩哈哈笑了。

我在没见到佳佳时就听圈里的朋友说过，那是个挺疯的女孩。有个朋友听说我要上她的节目，就说："趁这机会，赶紧套瓷。"

我摇摇头，说："怕是套不上呀。"

"没问题，自信点哥们儿，"那位老炮拍拍我的肩膀，"那就是一小骚货，一晚上你就给丫带上床。"

没想到，形势还真朝着这个方向在发展。

4

很久很久以前，那个骑单车的男孩是先单恋上陶薇的。

路上，漂亮的女孩陶薇在前面骑车上学。她不知道，后面每天都会跟着一个盯着她露在裙外小腿的男孩子。他一路跟在女孩身后，直至来到学校。最初，他想过去和女孩搭话，但又缺乏足够的勇气。那时候，那少年是个不喜欢读书的孩子，因为女孩陶薇的关系，才让他感觉每天早起上学这件事变得不那么令人讨厌了。

很久很久以前，那少年是性格内敛、不爱张扬的孩子。除了上学，回家喜欢闷在屋里弹吉他。一次偶然的机会，他因为在学校的歌唱比赛中惟妙惟肖地学唱了电影《毕业生》中的主题歌《寂静之声》而在校园中成了引人注目的角色。在青春期的男孩子们看来，所谓“引人注目”应该是专指女孩的目光吧。事实上那也是他后来越来越痴迷民谣演唱的原因，戴上墨镜，抱着吉他，貌似投入地自我吟唱，这种琴歌的形式既掩饰了少年性格中羞怯、内向的一面，又实现了他想引起异性关注的愿望。

终于有一天，他收到了女孩给他传的纸条，约他在校外见面。

很久很久以后，我仍然迷恋那种既紧张又兴奋的感觉，总是幻想能够重新体验第一次收到女孩情书时的感觉。我找到了当时在学校唯一的好朋友侯磊，问：“你说该怎么办？”

“去呀，当然去了，这叫倒磕，哥们儿。”因为事不关己，侯磊无法体验我当时的紧张，但却帮着我发表了我经过压抑、掩饰的兴奋。

“磕”是当时那些半大小子口中的半黑话，指的是男孩追女孩，“倒磕”指的是女孩追男孩，或许类似于后来从港台剧中传来的“泡马子”、“钓凯子”。

我决定带上侯磊一起赴约，让侯磊跟在我的后面观察见证我初次的约会。这件事侯磊比较轻松，也乐得一去。

事实上，我莫名其妙的紧张还真应验了灾难的结果。那天，约我见面的女生就是陶薇。陶薇在学校属于又疯又新潮的女孩，在老师眼里甚至干脆就是坏女孩。据说，他们班主任说她再往前走一步就会成为女流氓，究其原因，不过是因为陶薇喜欢穿得花枝招展。据说她离开学校就换上高跟鞋，上课的时候则把高跟鞋装在她的书包里。

我和女孩一见面，还没说两句话，突然就被一帮来历不明的家伙给痛打了一顿。那帮家伙显然是认识陶薇的，他们之所以动手，只是因为他们不允许有男孩和陶薇说话。当我被一帮人围在中间被推搡得像沙袋一样来回晃悠时，侯磊撒腿就跑。

出了那件不愉快的事情之后，陶薇一直想找我解释，但我却再也不敢正眼看她了，见了面就赶紧低头跑掉。有一次，陶薇在学校的存车棚等到我，见四下无人，满脸诚挚歉意地对我说：“真对不起啊，你千万别往心里去，那些人我都不认识的。”

我嘴上说着“我知道我知道”，然后蹬上自行车飞也似的跑了。

5

女孩坐在午夜的酒吧中，双手支在桌面上，探着身子对我说：“你知道吗？我对你很感兴趣。”说着脸上露出顽皮的神情。

我笑了，低头看看自己，问道：“我哪里让你感兴趣呢？”

女孩喝了口啤酒，喝酒的时候眼睛依然盯着我，放下酒杯，舔舔嘴唇，说：“你是怎么写出那么感人的故事的？都是真事吧？”

倒让我有些不知该如何回答了，只好轻描淡写地说：“你吓到我了。”

女孩呵呵地笑了：“以后你会不会把我也写进去？”

我想想，说：“那要看咱们是什么关系了。”

女孩故作风尘，得寸进尺地问：“你说，要到什么关系才能写呢？”

对话到了如此无趣的程度，我有些不知道如何是好了，再往下接，自觉有些无聊，只好低头喝酒，不再说话。

女孩微笑着看了我片刻，问：“你在想什么？”

我叹了口气，摇摇头，说：“我什么也没想。”

见我有点不愉快，女孩恢复一本正经的姿态：“你刚才为什么不愿意向观众讲你书背后的故事？”

我疑惑了：“你怎么知道书背后还有故事呢？”

女孩盯了我片刻，说：“你想知道为什么吗？”

“不想。”我摇摇头。

“好吧，告诉你，我是听侯磊说的。”

我愣了一下，说：“你上当了。他肯定是骗你的。”

女孩笑眯眯地看着我，眼神让我有点不舒服。我不怀好意地幻想了一下今夜，突然让自己高兴了起来，很快我就要把你摁在床上啦。

“侯磊都说什么了？”绷了两分钟，我忍不住问道。

“他说你们是中学同学。”

“这倒没错，我刚才说的那个去美国刷盘子的哥们儿就是他。”

“别的就没说什么了，我跟侯磊也不熟，仅仅是上次他来做过一回节目。”

“是吗？”我反问她，觉得小小地报复一下女孩的时候到了，说，“可侯磊却说他跟你很熟。”

“怎么会？”女孩愣了一下，显然她还不明白这是圈套。

看到女孩的神情，我放下心来，知道她和侯磊确实不熟，但我接着说道：“侯磊不但说和你熟，他还说他跟你上过床呢。”

“胡说八道！”女孩一听就急了，“操，他这人怎么这样！”

我在心底暗暗笑了。

6

几天前，我收到了一封信。那天下午，我守在电视机前看重播的《神雕侠侣》。杨过被一个女人砍断了胳膊，胸中悲愤难平，惨然而笑时，我接到了传达室打来的电话，说有一封挂号信需要我去取。当时我没往心里去，继续看杨过和小龙女。杨过因祸得福，学到了独孤九剑，小龙女看到了自己命运的残酷，她得知自己曾被道士尹志平强奸时，神情恍惚地在海边漫步，像是高考成绩不佳就想轻生的女高中生……

从传达室拿到信，我才知道自己猜错了，是国际航空信件。看到寄信人的姓名地址时，我感到有些莫名其妙，信寄自美国纽约，会不会弄错了？拆开信封看到里面的内容，我才知道没弄错，一切确实是冲我的眼睛来的。只不过它来得太突然，让我感到略微有些措手不及，像是一记突然打来的耳光。我把信反复读了几遍，随着不断的阅读，我的心跳加快了，手也禁不住微微有些抖。

信是这么写的：

某某：

也许你不会想到我会给你写这封信吧，连我自己也没想到。好几次提起笔，想想又放下了，然而最终还是忍不住写了起来。真是痛恨自己。我知道，彼此不通音讯，对你对我都好，同时也是对你对我的最好惩罚。

在心里，我从来没有原谅过你，也不想原谅你，就像我不想原谅自己一样。过去的事本不该再提，我们从前都说过，不该在已经存在的伤口上再撒盐了。谁能想到，十年过去了，伤口依然会痛，没有愈合。当我写下你的名字时，心口痛得想流泪，那种“疼”不是形容词，不是描写，是实实在在的生理上的“疼”。对，没错，是一种心脏病，一想起过去我心口就会痛得要吃几片“芬必得”。算了，跟你这样的人说这些恐怕你是不会懂的。

信的内容，我想了好多，写完了又撕，忍不住又写，好几次都不想把它发出去。现在我仍然心存侥幸，希望信能被寄丢，或者你根本收不到，又被原样退回。如果你收不到，也好。如果你能看到这封信，我也不希望你能回信，你明白我的意思就可以了，不必回信。

我的意思是，你可以编故事，但是请不要写到我，想来你《刀锋少年》中的女孩应该是以我为原型的吧。看到这里，你可能会很惊讶，甚至会暗暗得意。是的，我看到了你写的文字，你书的封面竟还无耻地写着“这是个真实的故事”、“她现在远在大洋彼岸，是否会听到我对她的思念”这样的话。

如果故事和我不相干，也许我还会觉得有趣，可恰恰往事和我相关，我印象中的故事和你写的完全不一样，那种伤害叫我不堪回首。算了，我不想再提了，只想告诉你，你把一切写得太美好了，那种少年初恋式的爱情，简直是太虚伪了。当然我早就已经知道了，十年前就知道了，你本来就是一个虚伪的家伙，我真是恨你。因为那种“恨”会让我心脏疼，我才忍住，以“不想”了事。都说惹不起，躲得起的，谁知道，现在真的远隔万里，时间又过去了那么久，还是不能逃开。

不多说了，你好自为之。珍重。

陶薇

七月五日，夜。

7

女孩为了平息愤怒，低头点了一支烟。她缓缓地吐出烟雾，看着我，没好气地说：“你笑什么？”

“没笑什么。”我说。这回轮到我冲女孩表情暧昧地笑了。

“你相信他说的话吗？”

“什么话？”

“侯磊说我的话呀。”

“侯磊没说过什么呀。”我继续微笑着说。

女孩眼珠来回转了转，可能意识到上当了，低头抿嘴笑了起来。笑完，她表情严肃地说：“你有硬币吗？”

“干吗？”我不明所以然。

“有就拿来。”

“找找看吧。”我掏出钱包。

侍应生以为我要结账，赶紧走过来，恭恭敬敬站在一边，看到我又把钱包重新揣回兜里，那个男孩抓抓脑袋，又退回到了吧台里。

“我们来做一个游戏好不好？”女孩从我手里接过钱说。

我看着女孩微微颔首。

“我们由一个人向另一个提问，然后转这个硬币，如果是国徽，被提问的人就得如实回答，如果是麦穗，被提问人可以拒绝回答，也可以胡说八道。”

“好。”我点头。

“那我们先来发誓吧。”女孩把硬币放在桌面上，故意让国徽那面朝上。

“发誓？”

“我们要冲着国徽发誓，如果看到国徽而不说实话，那就不得好死。怎么样？”

我想了想，说：“好吧，我发誓。”

“如果你不说实话，就不得好死。”她手指我的鼻尖。

“我不得好死。”

“你真的会不得好死。”

我愣了愣，说：“好，我真的会不得好死。”

女孩满意地笑了：“我先来。你为什么要写《刀锋少年》？”

硬币立在桌面上飞快地旋转，我心中暗生疑惧，这女孩怎么回事？怎么转来转去还是离不开那本烂书。

啪的一声，女孩突然一掌向桌面拍下，抬手再看，硬币朝上的是麦穗。

“我可以胡说是吗？”我看看女孩，说，“因为我很爱那个叫陶薇的旧日女友。十年过去了，我依然总是想起她，所以那些文字是纪念。”

女孩说：“我想，她一定是个特别漂亮的女孩。”

我想了想，说：“实话实说，她长什么样我都快忘了。”

8

说那段少年恋情让我难以释怀，不如说是少年情怀的失落所产生的距离美给了我创作的灵感。十年前，和陶薇之间真正的恋情实在过于短暂。分手的原因也很难说出口，仅仅是出于一种对青春期冲动的恐惧。这样一次可笑的恋情，本来我早已经忘记了。真实的创作灵感出于一次偶然。

那是一天早晨，我从梦中醒来，头脑尚未完全清楚。鬼使神差般，我从床上迅速地爬起来洗漱，然后下楼，打开自行车，心里想着：“不行，今天又要迟到了。”跨上自行车的瞬间才明白过来，我早已经在多年前毕业了，再也不用每天急急忙忙赶着去上学了。我略有些失落，同时心里也很庆幸，那段日子终于熬过来了。然后我还是骑车去了十年前，我十七岁时所在的那所学校。我也不知道我为什么会在头脑迷糊的时候竟想着要照常去上学，那条路我足有十年没有骑车走过了。毕业之后，继续求学、恋爱、工作、辞职，我本以为这些新的生活早已把从前那些属于成年以前的生活覆盖掉了。

站在校园空空荡荡的操场上，我看到了往昔生活的一个场景。编成一队队的男孩女孩们在伸动着胳膊做课间操，领操的是他们从前的体育老师刘大鸡巴。我一直不知道他的本名，只记住了这个外号。不知道是哪个学生给他起的，也不知道那个学生是男是女，这些东西都无从考证了，想来他或她应该是见识过刘老师的那个东西。

我看到刘大鸡巴拿着话筒站在领操台上，说："下蹲运动，一定要蹲下去，压腿运动一定要把腿劈开。那个女同学，你把腿劈开，劈开！别怕疼。"

然后刘大鸡巴又说："我们的同学为什么要穿那么瘦的裙子和裤子呢？如果个别同学实在因为裤子紧，蹲不下去就算了，站起来算了。"

全操场的孩子都在努力地往下蹲，只有一个男孩慢吞吞地站了起来，带着那么一种不求上进、随随便便的态度。

刘大鸡巴朝那个男孩一指，愤怒地说："那个男同学，你的裤子那么宽松干吗要站起来？"

男孩在四周的一片哄笑声中又慢慢地蹲了下去。

那个假装满不在乎，喜欢出点小风头，耍个小聪明的男同学就是十年前的我。我回想起从前的自己，立刻回想起了那个年轻的自己当时正和一个低我一年级的女生秘密恋爱而处在甜蜜的烦恼之中。那个甜蜜的麻烦像是棵成长中的树，最后生出的却是酸涩的果子。

那个女同学就是陶薇。

回到家，我想起了也许正是和陶薇的恋爱使自己会在多年后重新诡异地跑去上学。那时候，我对陶薇爱恋的开始就是在上学的路上，看到陶薇在我前面骑车，这也正是后来我总记不清陶薇面容的原因，我更多的时候看到的是她的背影。

追忆我的学生时代，我一直觉得如果不是因为每天早晨能够看到陶薇，也许我早就退学了。直到今天，回忆起过去时，女孩的容貌虽然模糊，但我却能清晰地记起当时女孩穿着裙子在我前面骑车时，小腿的肌肉清晰地随着蹬车而自然流动的优美。

9

酒吧要打烊的时候，我们已经互相提了足够多的问题，女孩告诉我，她的真实年龄是二十四岁，她的父母是外交官，从小家教极严，不许她跟男孩子接触，如此等等。

我告诉女孩，我和侯磊虽然从学生时代起就是好朋友，但是现在已经不怎么来往了，原因连我自己都不清楚。

我说："可能是因为人长大了，碰到事不能像小时候那样坦诚了吧。"

因为不断地混着喝啤酒和红酒，当我们从酒吧出来时，我感到女孩似乎已经喝多了。有一次，女孩起身去洗手间，出来的时候，胸前湿了一片，弄得T恤里的文胸隐约若现。

"送你回家吧。"站在街边，我招手叫了计程车。

"不不，我送你回家。"女孩略带醉意地说。

"有这个道理吗？"

"当然，我常常送嘉宾回家。"

"？"怪事全让我赶上了。

"有一晚我送一个特别特别有名的人回家，你猜怎么着？"

"……"

女孩坐在车里，突然哈哈笑起来："到了他家楼下，他非要我再送他上楼。"

"……"好笑吗？

"你猜后来怎么着了？"

"嗯……肯定乖乖跟着上楼了呗。"

"我撒腿就跑，一路跑回了自己家。"

"没听说过。"

"真的，平胸女孩的优势就在于跑得比较快。"

我笑了：“佩服，长学问。”

车到了我家楼下，女孩跟着我下了车。我看看她，说：“你已经把我送到家了，现在怎么办，我再送你？”

“不用了，我自己再叫车回去。”

“嘿，哥们儿，已经半夜两点多了！”我说。

“怎么了？”

“会碰到坏人。”我说。

“噢，”女孩点点头，“原来你一直把自己当好人了。”

我被她气乐了，说：“得了哥们儿，干脆上楼在我那儿凑合凑合吧。”

“你老婆不在家吗？”

“当然，如果我有老婆怎么会让你上去。”

“就你一人住呀？”

“当然，有了你就是两个人啦。”

女孩低头迟疑片刻，说：“这样吧，我和你一起上去，不过，无论发生什么事，第二天一早你都要忘记我，完全忘记我，我们根本不认识。行吗？”

“这样，不好吧？”我嘴上这样说，心里那样想。

“如果不行我就走了。”女孩说着，做了个要走的架势。

我拉住她：“好吧，我答应你，明天一早就忘掉你。”

“要完全忘掉。”

“绝对完全。离谱的完全。”

女孩转身上楼的时候，我突然有些疑惧。楼道的声控灯一直以来就是坏掉的。当她拿出手机，用荧光屏照亮时，女孩尖瘦的脸颊诡异地被映上了一层绿光。她走得很慢，无比小心翼翼。想到她穿的是那种后跟极细的鞋子，我曾试图想搀扶她一下。她冰冷而有力地推开了我，她说："我没醉。"那声音也同样冰冷而有力。

"让我跟在你身后你不怕吗？"她说。

我转回身，看到她的眼睛，确实是清醒而寒冷的眼神。果然没醉。

"我想，怕的人应该是你。我少年时代喜欢玩刀子。"我说。

"什么意思？"

"就是说，现在我还是特别喜欢玩刀子。"

"你想吓我？"她突然关掉了手机屏幕。我和她彼此陷入完全的黑暗中。

"没有，"我说，"是你吓到我了。"

我掏出打火机，打着火的瞬间，她的手恰好向我伸过来，摸在我的肩上，她微笑说："我不知道你胆小，我是开玩笑的，对不起。"

黑暗中，她的尖脸和摸过来的手让我一阵悚然。我突然想到了陶薇，永远的别离意味着另一种形式的死亡。

10

很久很久以后，女孩的姿影带着某种唯美主义的色彩出现在我脑海深处。我站在十年后回头向远去的时光眺望，看到那个叫陶薇的女孩是如此之美，像旧时代琼瑶电影里只能让黑暗中看电影的人偷偷倾心的女主人公。

很久很久以前，十七岁的我还喜欢校园中洒满阳光的操场。早操的纵队，高一（一）班的陶薇和高二（四）班的我站并排。左右看齐时我常常让伸展出的手指貌似无意地和陶薇的指尖碰到，每次都会触电般地被一种温柔触动。陶薇也感觉到了，女孩的脸红了，眼睛看着远方。我侧脸望去，那亭亭玉立的女孩仿佛洒满阳光的花瓣，阳光下的脸庞，被阳光晃动得眯起的眼睛如此令人心驰神往。想到我正和她沐浴在同一道光中，多年以后，我还会情不自禁地怦然心动。

我常常想，那是我第一次感到她的存在，也是第一次感到自己的存在。阳光使一切真实而美好。

有一次，正当我像做梦般沉浸在那种特别感觉之中时，却被领操的刘大鸡巴给点醒了。

刘大鸡巴在领操台上大声却又是语调缓慢地说："大家都在做伸展运动，可有个男同学和一个女同学却在一起做全身运动。"

我回过神来，侧头一看，发现陶薇也和我一样，刚刚回过神来。只有我们两个人在人群中是如此刺目，如此格格不入。

想到这些，我认定那年轻时代非常温暖和美好。这温暖和美好的感觉甚至包括我初次面对陶薇的紧张和慌乱，包括暗恋的辗转反侧，包括莫名其妙地因陶薇而被人殴打，包括我们相约不再来往后的压抑和痛苦。

多年以后，陶薇的来信却破坏了我的那种感觉。首先，我没想到她会看到我的文字，更没想到她还会写来信。当我在写《刀锋少年》时，是饱含着真诚的激情的。我想不明白，为什么在我记忆中可以用美丽来形容的恋情，在另一当事人看来却是那样惨痛。

难道是我的记忆出了问题？它忽略了什么重要的细节，因而使我对往事的解释发生了偏差、曲解，还是对陶薇来说，别有隐情？这使我不得不重新开始回忆那段过往。

11

我打开灯，佳佳立刻抢占了客厅里看起来最舒适的一张沙发，她把坤包随手一扔，然后鞋也不脱就以最舒适的姿势把自己摆放进了沙发里。

“你家里有酒吗？”女孩点起一支烟，问我。

“你还想喝？”

“到底有没有啊？有就拿来。”

我站在原地呆了两秒钟。

“你胆够大的。”我边去查看冰箱，边大声问那个喝多的家伙。

女孩在沙发里歪躺片刻，环顾我的家居时，看到墙壁上挂着的一柄日本武士刀，这引发了她的好奇。

她站起来，从墙上拿下那柄“正云”，抽出来，仔细地观赏刀身的纹路和刃口。我拿着酒瓶和酒杯从厨房走来时，看到了这一切。

“你刚才说什么？”女孩问我。

“我说你胆够大的。”

“刃不够快呀。”女孩用手指试刀口。

“嗯，”我说，“比菜刀是差点。刀身是用来格档的，开刃的地方在刀尖那十英寸处。”

“我怎么胆大了？”她双手握刀，摆了个皇军的pose。

“咱刚认识你就跟我回家，你就不怕我把你怎么着？”我面对刀锋微笑。

女孩严肃地看着我，说：“你能把我怎么着？”

“比如说，我把你杀了。”

“我又没惹你，你干吗要杀我？”

“没什么道理好讲，假如我是个变态狂呢？”

女孩想了想，点头说：“如此，我胆子是够大的，我没想到这一层。”

“那你想到了什么？上床？上床不害怕？”

“这我当然想到了。不过我确实不害怕，这种事，主动权在我，如果我不想，就根本不会出那种事的。”

“这可就由不得你了，如果我想呢。”我淫笑。

女孩也跟着哈哈哈地笑起来，收了笑容，她说：“我知道你是不会那样做的。”

“太瞧不起人了，凭什么我不会那么做？我认为这种事主动权在我。”

“不不，你是个温文尔雅的人，怎么会做出那种不堪之事呢？你不会强迫我做我不愿意做的事的，对不对？”说着，女孩啪的一声，把长长的武士刀回了鞘。

当女孩返身踮着腿跟想把刀挂回墙上的那0.018秒，我从背后抱住了她。脸靠在她颈后，双手环绕在她腰间。于是，两具肉体僵住静止了那么几秒钟。她的胸部剧烈起伏，呼吸也开始微微急促，然后，她的手就伸向了长刀旁边那柄武士们通常用来剖腹的短刀。我眼疾手快，握住了她纤细的手腕。

“不要从背后抱我，让我转过身。”她说。

我放开手，她在转过身的瞬间，从我旁边突然溜开了。我意识到女孩跑开时，室内唯一打开的灯突然灭掉了。我突然陷入黑暗，基本像是掉入了深渊，只能孤立无助在原地站着。

“把灯打开。”我说。

黑暗中，悄无声息。没有任何声音回答我。

我慢慢向门边挪动脚步。突然听到房间角落有女孩轻微的笑声，太像鬼片了，我毛骨悚然。

“道歉。”女孩说。

“好吧，我道歉。”

我重新开灯，发现女孩原来又躺回到沙发中，手中竟然在弄玩着那柄极度锋利的日式短刀。

“你要做乖孩子，不要做坏孩子。”她冲我眨眨眼睛。

我闭目感受了一下光明，睁开眼睛，抿嘴笑了，说：“我想不明白，既然这样，你跟我回家干吗？”

“就是想跟你继续喝酒。”

“好吧。我就陪你。”我无奈地说。

“我们继续刚才那个游戏吧？现在我向你提问。”女孩从沙发上坐起身，“既然你对上床的事这么感兴趣，我就问你，你和陶薇上过床吗？”

硬币在茶几上飞快地转动起来。

女孩用手拍住硬币，问我：“你希望哪面在上？”

“国徽。”

她翻开手掌，却是麦穗。

“如此隐私的问题本来应该拒绝回答你，”我笑着说，“不过我还是告诉你吧。”

她瞪着眼睛，直视我，无比期待。

“没有。”我说。

她眼睛中的某种光芒熄灭了。

12

那时候，没有手机。那时候，也没有MSN。那时候，我想见陶薇，常常让侯磊代劳，结果女孩她爸妈一直以为勾引他们女儿的坏小子是侯磊。

那时候，侯磊用这种方式帮我约女孩。他站在陶薇家的楼下喊："侯磊，侯磊。"陶薇听到了会飞快地跑下楼。陶薇想约我的时候，她站在我家楼下喊："陶薇，陶薇。"

这时，我在窗口就会看到那个穿着蓝色的牛仔裤，白色的T恤衫，梳着长长的马尾辫的女孩。就是这样，大家因为思念对方，却朝天空大声呼喊着自己的名字。

穿帮的时候偶尔也会出现。侯磊站在某栋楼前大声呼喊自己名字的时候，吸引来了恰好路过的我们的数学老师。那人站在对街，盯着侯磊疑惑了许久，最后带着疑问默默离开去菜站买菜了。

我只去过陶薇家一次，唯一的一次。此后，我们就说好不再来往了。那是永远的一天，天气好得离谱。当我从女孩家出来时，恰好黄昏降临。

那是我和陶薇唯一的一次。事成后，两个人都吓坏了。你驾驭不了自己。你感到头晕目眩，为神秘陌生的欲望的显现而战栗。死过一次般的空虚。在糊里糊涂的恐惧中，仿佛被一根烧得火红的钢丝从身体中间穿过，腹部胸膛肠胃肝肺心脏统统被灼伤。那种毁灭般疯狂的痛苦与欢愉在后来的体验中都没有了……

十七岁的青春，很长一段日子，我开始了失眠。静寂深夜，各种只让哲学家们困惑思索的问题反复在内心深处辗转。

后来，有一天作文课，老师出的题目是《我第一次……》。我疑惑了许久，决定写一篇《我第一次拾金不昧》。那篇作文是我学生时代唯一的一次不及格。问题在于，我们语文老师死活不相信我会如此言之无物，勒令我重写。我想了想，决定把题材换成《我第一次看到了大海》。老师依旧摇头，说，比上篇好一些，可依旧神采不在，你的作文我们是要拿到区里比赛的，你再好好想想，有什么事情让你终生难忘？凭你的能力，是完全可以获奖的，要珍惜机会。

我一直困顿迷惑，如果我真写了，当时会获奖吗？唉，机会就是这样一次次失去了。罗佳英说，我的第一次是很宝贵的。没错。那时候我不写，现在，我同样不打算写。各自参考自家的生命体验吧。

13

“下一个问题，你和陶薇上过床吗？”名叫佳佳的女孩问完，再一次开始认真旋转硬币。这一次，她如愿以偿，国徽。

“好吧，我告诉你。”我说，“有过。”

“几次？”

“好了，你别再转硬币了，你问我就全告诉你，就一次。”

“就一次？”她瞪大眼睛。

我叹息：“一次就够可以的了，那时候我们还都是十几岁小孩呢。”

“你还记得那一次是什么时候吗？是不是，六月份。”

“什么时候？”我抓抓脑袋，“我说，你不会再问我们当时采用的是什么体位吧？”

“我就是想问问，那一次是不是发生在十年前的六月？”

我严肃地想了想，点了点头。

这时候，女孩突然哭了。她端端正正地坐在沙发上，两腿并拢，手放膝头，低着脸，盯着地面流泪。我甚至可以看到泪水一滴一滴地掉在了她的布裙子上，很快她大腿那片的裙子就湿了。我吃惊地看着那块被洇湿的裙角。

突然的变故让我惊慌失措，不知如何是好：“喂，你怎么了？”

女孩声音哽咽地问：“你是不是至今还很怀念她？”

我想想，点点头，关切地看着女孩说：“你到底怎么了？”

“没什么，我就是被你感动了。竟然会有那样的女孩，让一个人十年后还有那种刻骨铭心的爱情，说实话我有点嫉妒。”

我差点想把眼前的女孩趁着夜色从楼上扔出去。这是哪儿和哪儿啊？！太离谱了。

我点了一支烟，然后，又拿了一枝分给女孩，给她点上火，问她："你没事吧？"

女孩擦擦眼泪，摇摇头："没事。"

我笑了，说："酒喝多了吧？有人是一喝醉就哭，你就是那种人吧？"

女孩转脸去看窗外的夜色，许久，她从黑暗的纵深处转回脸，长长地吐了一口烟，问我："难道你真的认不出我是谁了？"

"你是谁？"我摸不着头脑。

"我就是陶薇。"女孩说。

我怔了片刻，然后就笑了，原来此人还是没忘记想吓我。我笑道："是吗？我确实是认不出你来了。"

女孩进入了陶薇的角色，她眼神忧郁地问我："你好吗？"

"我很好，你呢？"我带着些旁观欣赏的心情看着女孩的表演。

"我不好，"女孩面色阴沉地看着我，"我的脖子很疼，咚咚咚地跳动的疼……"

"脖子？"我感到自己的心跳也突然莫名其妙地加快了，咚咚咚地跳动。

"我挂在树上，呼吸困难……难受得我只得把舌头吐出来……"

我听着自己的心跳声，感觉心脏微微有些不舒服。

女孩把舌头吐了出来，做出吊死鬼的样子："你知道吗？我，我死了已经有十年了……”

“嘿！你别这样，你是谁呀？”突然，我真的感觉有些悚然。我站起身，试图摇醒女孩，但女孩用力地把我甩开了。

“我是死了的陶薇。”女孩说，“我是上吊死的。”

14

那些青春往事过去已经十年之久了，当时在意的许多东西，现在想想，已经无所谓了，比如：那些折磨人心境的青春期情欲冲动没有了，那些只针对某人某事的耿耿于怀烟消云散了，重金属摇滚般的内心嘶喊也变成了寂静之声。而当时没有留意的东西，现在却能够理清思绪，好好想一想它们的前因后果，比如：我们为什么会这样？到底是谁伤害了谁？是谁把我们的青春编织得这样复杂，复杂到了乱七八糟的头绪像是一座走不出的迷宫，复杂到了当我们不经意间回忆的时候，竟然又变得看似简单如同透明的水晶。

陶薇的来信让我明白了，事实上，我的整个青春生活是一笔糊涂账，像是活在一个接一个的梦里，梦醒之后，前一个梦旋即被忘却了。一张张现在已经变得模糊的女孩的面孔构成了我全部的青春梦境。每个女孩单独想起来，都像是一个纯美的青春恋爱故事，放到一起，却变得难以自圆其说。纯美、纯洁、纯白，似乎都谈不上了，我们所拥有的只是无知、恐惧、纠缠和盲目。

想起陶薇，我的记忆支离破碎，不完整得叫人气馁。

每天面对陶薇的信回想过去，让我突然想起了一个被忽略的细节，在我们分手后，转过暑假的一个新学期，我在上学路上再也没有见到过陶薇，在学校里也没再见过陶薇。那时候，陶薇该上高中二年级，我上高中三年级，因为不是同班同年级，所以相约不再来往后，事实上我便忘记了陶薇。我记住的仅仅是幽暗青春期里日复一日地面对青春冲动的恐惧和苦闷。

15

女孩继续装鬼，她大声叫我的名字，说："你知道吗？我一点都不后悔为你而死，那时候，我真的是那么喜欢你，喜欢听你的琴声，听你的歌声，当你站在学校礼堂的舞台上唱歌时，我听得都快入迷了……"

我控制着身体的战栗，歪坐在沙发上，看着女孩，脑海中显现出陶薇的形象。我突然觉得女孩和陶薇长得竟是如此相像，两个女孩，一个脑中，一个眼前，忽然模糊又忽然清晰，如电影特技镜头般突然合二为一。不知道是眼前的形象侵占了脑中的那个，还是脑中的形象幻化了眼前的，某个刹那间的意念竟让我以为眼前的女孩就是陶薇了。难道她真是陶薇，我想得汗毛倒竖了，怪不得在直播室看她像在哪里见过。

“你知道我为什么要死吗？那次之后，我怀孕了，我尽量隐瞒我的父母朋友，自己偷偷想办法，可是一点办法也没有。我实在是不知道该怎么办。我想过去找你，可我知道找到你也没办法，而且我们已经说过分手了，以后互相再不来往。我没办法，我怕极了……”

我的心跳声像是三连音的鼓点。

“你怎么不说话？”女孩看着我。

“说什么？”我问。

“你为什么要和我分手？”

“好了，佳佳，别闹了，我求你了。”

“我不是佳佳，我真的是陶薇，不信你看，”女孩从茶几上重新拿起那柄日式短刀，“我是鬼，不信你看，我是不会流血的……”

女孩把刀放在自己的手臂上，做了个欲往下刺的动作。我从沙发上蹦起来，扑上去夺刀。刀锋一转，我的手被利刃划了个口子，血呼地一下流了出来。

“操。”我把刀扔到一边，盯着自己的手指看。

“哎呀，你没事吧？”女孩看到我受伤，有点害怕了。

“我没事，”我按住伤口，“我求你别撒酒疯了，好吗？”

“你家有创可贴吗？”

“抽屉里有，我自己找吧。”我感到刀锋进去得确实很深，似乎已经碰到了骨头。

女孩仔细给我包扎伤口，像是只受惊的小猫一样看着我："我不是故意的，真的，很对不起。"

"没事。"我说。

"真没事吗？"

"真没事。"

16

很久很久以前，关于我和陶薇的初恋，确实没什么可说的了。

我没做过什么让陶薇太过失望的事，更谈不上去伤害她的心了。一切都是匆忙地发生，匆忙地结束，本来彼此都可以，也都应该很快忘记的。

谁还记得自己第一次爱上的人是谁呢？

忘记了是什么时候，好像曾经接到过陶薇的电话。她说："什么事也没有，只是想听听你的声音。"

长时间的沉默以后，她挂断了电话。

很久很久以前，意思就是已经过去了的短暂的好时光。

17

我受伤的手指被创可贴包裹起来以后才感觉到了疼。那种疼痛随着脉搏的跳动而隐隐发作。

“真没想到会是这样，”我看着女孩，笑了起来，“我在做直播的时候就想怎么才能把你带回家，当时只是瞎想想，没想到如愿以偿了。到了这里，我本来以为会跟你上床，没想到却吃了你一刀。下面，你还会做出什么让我想不到的事吗？”

“你现在还想和我上床吗？”女孩问。

“说实话，我确实是不想了，哪里还有力气。”说着，我自嘲地摇摇头。

“那好吧，”女孩说，“就再给你一点意外。”

我笑了，说：“现在，无论你怎么做都不是意外了。”

女孩点了支烟，抽了两口，叹息般地说：“你知道我叫什么名字吗？”

“什么意思？”

“佳佳是我在电台用的名字，我姓陶，本名叫陶佳。”

夜晚突然无比静寂，似乎空间中只有钟表的秒针走动声。我微微有些眩晕。

“陶薇是我姐姐。”

我的脑子短路了足有一分钟，然后才勉强挤出了些生硬的笑容：“我说看着你长得眼熟呢，原来如此。真是没想到，事情会这么巧。你姐姐怎么样了？我知道她后来出国了。”

“对，她现在美国，挺好的。”

“我前一段收到过她的信。”

“说什么？”

“说她看到了我写她的文字。”

女孩怔了怔，然后哭了起来，是一种无声的哭泣。边抽烟边默默地流泪，没有哽咽，没有抽泣，也没有声音，只有眼泪无声地滑落。

看到女孩的样子，我心里微微一怔，走上前，搂住她的肩膀，柔声问：“你怎么了？有什么事要告诉我吗？”

女孩推开我，说：“你坐到对面去我跟你说。”

我坐回对面的沙发上，等待她开口。

女孩说：“我姐姐有一个秘密，我一直不知道答案，今天才知道了。”

“……”

“那就是十年前，她怀的是谁的孩子。”

我的心跳又加速了，感到有些像贫血般的眩晕：“那时候她真的怀孕了？”

“是啊，我爸妈发现的时候已经四个月了，做手术都很困难了。那时候我爸妈一直对我们很严厉，不许男孩子来家里玩的，他们逼问我姐姐到底是跟谁，可我姐姐就是一直不肯说。”

“后来呢？”

“后来我爸妈去学校为我姐姐办了休学，带着姐姐去医院做了引产，手术有一定危险，姐姐差点死了。出院后，姐姐精神有点恍惚，可我爸妈还总是追问她是怎么回事，是不是被人强暴了什么的。后来，突然有一天，我姐姐就垮了，精神分裂了……”

我的心脏咚咚咚地剧跳。

“住了大约半年的安定医院。后来我爸妈通过他们的关系把姐姐送到了美国去读书，由我妈妈陪着。”

“现在她怎么样？”我虚弱地问。

“毕业之后找到了一份工作，拿到了绿卡，精神已经完全康复了。”

我木然地点头，不知道该说什么。

“你的文字姐姐其实很喜欢看，常常偷偷地看……”说到这儿，女孩有点凄惨地笑了。

18

我不知道再过十年，我还会不会记得那些往事。再过十年，我还会不会记得今天，现在，这个突然像死去般静寂的夜晚。

但愿生命历程中每一次际遇、每一次心动都永远不要忘记。这就是那天晚上，事实上，天已经快要亮了，城市灰暗的黎明即将到来时，我在心底对自己说的话。

最后，再说村上春树的《百分百女孩》。

故事是这样的，说有一个男孩和一个女孩，在他们十六七岁的时候，彼此发现对方是自己的百分百恋人，天衣无缝，“一切是否来得太容易了？”于是，两人商定暂且分手，各自再去寻找。后来，他们同时患了一种奇怪的病，失去了从前的任何记忆。经过十四年的重新学习，他们重新成了社会中人，掌握了他们曾经掌握的知识、技能……有一天，他们在街上擦肩而过，却彼此不再认识了。

那天晚上，离开直播间，我和佳佳一进酒吧，我就把这篇小说讲给了女孩听。讲完后，我笑着问她：“你有没有觉得这个故事催人泪下？”

女孩似乎把那个故事仔细回想了一遍，过了很久，她才说：“我觉得，这个故事，确实催人泪下。”

“是吗？”我说，“也许你和我就是那个男孩和女孩呢，我们可不能再彼此错过了。”

夏日女孩的生与死

此后，我试图联系佳佳，可电话总也打不通，她永远在关机。最后一次尝试拨她的电话，号码变成了空号。她消失在了茫茫人海中，像是一滴水，无迹可寻，直到我彻底把她遗忘。

对我来说，她的生命仿佛仅存在于一朝一夕间，天亮以后，她宛如被黑暗带走，消失得仿佛人间蒸发。或许，当她再次出现在我的生活中时，我早已完全不认识她了，也遗忘了她的名字。由此，我对她的出现毫无防备。她将会再次像一道强光般地灼伤我的眼球，刺痛我的内心。

有时，又疑心她并非生人，或许仅是我内心幻影。她的出现只有一个目的，就是唤醒我如死般沉睡的记忆。那些尘封的记忆像是一口黑色的箱子，而女孩的身体是那把开启神秘黑箱的钥匙。那些被我强迫性遗忘的往事因为她的出现突然逼近到眼前，宛如黯黑中一道刺眼的光亮。

是这样吗？她从我记忆的黑暗深处慢慢走来，洁白的衣裙，手持一面令人恐惧的镜子，强迫我认清自己的丑陋面孔和过往的病态青春。

于是，她的现身成了我的某种隐痛。

后来，我和诺诺谈起名叫佳佳的女孩。诺诺深感疑惑。她们做着同样的工作，彼此相像，却注定阴差阳错不相识。

有时，连我也疑惑，仿佛诺诺就是她改头换面后的重新出现。

那年，和佳佳同时进入我生活的还有另一个女孩。那是另一个像狐狸般的女孩。像极了。狐狸一般的小瘦脸，尖尖的下巴，细长的单眼皮的小眼睛，一袭白色的衣裙。

生活就是在此岸与彼岸间往返，像不断从一名女子到另一名女子间过渡辗转。

那年夏天，我常带那女孩去一处偏僻得近乎荒芜的公园。那里花开得特别鲜艳，草长得特别青特别绿。女孩在那里，也显得特别的美。某一刻，耀眼的阳光中，当风吹动女孩的头发时，我从她的脸上，恍然看到了另一个女孩的容貌。阳光和清风像揭开面纱一般让女孩们生命最深处的美丽裸露了出来。

事实上，我去那家公园，是为了找一棵树。十七岁那年，我和那个要好的女同学，在我们感情最要好的时候，曾经找了一棵树，在上面刻下了我们的名字。女孩还刻下了一行字，其实是从古龙小说中看来的，我们来过活过爱过……

远离十七岁以后，我每年都试图寻找一下那棵树，遗憾的是，从来没有找到过。那些往事，那场恋爱，就像是偶尔路过，一时兴起，回头的时候，发现再也记不清那棵到底长在哪里了。

如同迷失的记忆。

陪我同去的女孩为了安慰我，对我说："我会帮你找到那棵树的。"

我说："也许并没有过那么一件事，一切都仅仅是我的幻想。树，树上的名字，还有树下的那个人，都是我的幻想。这世界，有许多事都是幻像。"

"你说，阳光是幻像吗？"女孩眯着眼睛，看着远处的太阳，阳光映红了她的脸庞，无比令人心动。

"阳光从太阳到地球，要走 8 分钟，我们看到的太阳是 8 分钟前的太阳，我们感受到的阳光，是 8 分钟前的阳光。所以，阳光肯定是幻像。"

"不对。8 分钟前的阳光也是阳光，它是真实的，能让人感受到温暖的。它不是幻像。"

我不再说话。夜色来临后，我指着星星，对女孩说："你看那些星星，它们其实是不存在的。"

女孩说："它们存在呵，只不过，它们离我们很远。"

"是啊，很远，有的星星距离我们可能会有几百万光年，也就是说，它们的光到达我们的眼睛中，要走几百万年，可是，那颗星星在十几万年前，就已经爆炸解体了，不存在了。可是我们不知道，我们看到的是已经不存在的它们几百万年前的样子。真的，我不骗你，这世界有许多事都是幻像。"

本来，我想把那女孩当做我个人生命的新纪元。在我十七岁青春的黑色记忆中，有一个细小的白色光点，它常常出现在我的睡梦中，在午夜时分把我吓醒。在黑暗中，我浑身战栗，心悸，出冷汗，被各种可怕的幻像纠缠。随着时间的远去，渐渐地，它不再出现在我的睡梦中了。我开始相信，或许我真的可以遗忘了。

当天下午，我带女孩去划船。在船上的时候，女孩问我："你是不是泡妞老手啊？"

"是的。"我说。

"我是你的第几个呀。"

"你不是。我要搞到床上才算数呢。"

女孩呵呵地笑了："我才不会让你骗到床上去呢。快告诉我，你泡过多少个啦？"

"很多。多得记不清了。"

"呸，我才不相信呢。我一眼就看出来你是个好孩子了。"

我突然有些头晕，心怦怦地跳得有些莫名的剧烈。后来，我们把船划到了连接岸和湖心岛的桥底下，完全是一时心血来潮，我想从船上爬到桥墩上去。结果当我一只脚踩到桥墩一只脚还在船上时，船却变得离桥墩越来越远了。我的双腿劈了一会儿叉，终于坚持不住了，身体一个后仰，栽入了水中。

其实我从劈叉到落水那段工夫也就是两三秒钟的时间，不过我还是想了很多事情。首先想的是，完了，报应来了，恐怕今天要死在这儿了。然后就想，不至于啊，我会游泳啊。接下来又想，万一有水草怎么办？最后想的是，这一定是我脑袋中的那个白色光点在作怪，它又出现了，它其实是一张人的脸，它死死纠缠我已经很久了……入水之后我想的是，确实是春暖花开了，水竟然一点不冷。

然后我发现双手已经摸到了湖底。我使劲一撑，重新从水里冒出了头，发现在我落水前的那些胡思乱想根本就是多余，水面刚刚没到我的腰上。

我湿头湿脑地站在湖里，朦胧中看到女孩正在冲我哈哈地笑。我脑海中的白色光点消失了。我看着女孩的笑容，心里想，如果继续下去，我会把她也拉下水的。我指的是我的生活，它就是一滩浑浊的水。貌似清澈见底，实则深不可测，不仅仅是浑浊，简直就是伸手不见五指的黑暗。

我也笑了，说："你想谋害我啊？"

女孩说："和我无关呀，谁知道怎么回事啊？我看船在往外漂，特想划得靠桥墩近点儿，可就是划不过去。我把你拉上来吧。"说着，女孩向我伸出了手。

"不用了，那样会把小船给弄翻的。"我说。

女孩呵呵地笑："告诉你一个道理，凡是想脚踏两只船的人最后的结果必是落入水中。"

"谢谢。你教训得极是。"我走到岸边，爬了上去，引来了一些游客的注目，幸好游客极少。我到湖心岛的小商亭去买了块毛巾，看到旁边有卖冰淇淋的就买了两盒。

女孩把船停在岸边等我，我把冰淇淋递给她，说："你接着划吧，我躺在这草地上晒太阳了。”

船划远了后，我躺在岸边的草地上，看看头顶的蓝天白云，看看远处小船中的女孩。生命中，似乎许久没有这种怡然自得的心情了。

后来，女孩退了船跑了过来，和我并排躺在草地上。暖暖的阳光，柔软的草地，女孩依偎在我身边，像是一只无家可归的小猫。

那天，我和女孩并排躺在公园的草地上，一直到太阳落山，夜色降临，天空中布满了星星。那天，我第一次对女孩提及，那些星星其实是不存在的这件事，那天，也是我第一次对女孩说起了从前，一场无疾而终的恋爱，是我整个黑色青春中唯一的一丝幽暗的光亮，也是我唯一不愿意抹掉的关于从前的记忆。

女孩非常安静地听，当我停下来的时候，她喜欢这样问我：“后来呢？后来呢？”当我讲到没有后来的时候，女孩竟然被我的故事打动了，她说：“我觉得应该把这个故事写下来。”

我对她说：“与其写从前，不如我们开始一段新的故事。”

告别年代

故事发生在1997年夏天。已经死去的高枫有一首歌，说：“1997年，是一个好年，许多人的生活将改变。”我和那个二十一岁的女孩在夜晚公园的湖边散步时想起这句歌词，有一个八九岁的孩子躲在暗处冲我高喊：“烦不烦呀，我都知道了，不就是香港回归了你被强奸了我们的生活都改变了。”然后，那个小孩子撒腿跑远。然后，我和身边的女孩开始在夜色掩映下接吻。然后，女孩开始长时间哭泣。

1

先从另一个女孩开始说起吧，她叫罗倩，和我在一个机关大院里长大。小时候，我们是邻居。后来，我家搬到了她家，她家搬到了院里的另一栋楼。长大以后，罗倩每回来找我，常开玩笑地说她有一种旧地重游的感觉。

“从前，这儿放着我的小床。”罗倩指指这儿说。

“从前，那儿放着我的书桌。”罗倩指指那儿说。

罗倩比我小三岁，我上小学三年级时，她才刚入小学。那时她的入学通知书就是我代领的。小时候的罗倩是个不怎么起眼的小丫头，头发又稀又黄，脾气好像还挺倔，凡事都得别人让着她才行。她刚上小学那阵子，我妈分派给我的任务是每天带她一起去学校，这差事可真让我苦不堪言。每回我去上学，罗倩总是一声不响地跟在我的后面。后来有一次，我先是故意停下来，装作系鞋带，趁她也停下来等我时，我突然起身向着学校的方向撒腿狂奔。等她反应过来，我已经甩开她一百多米，然后远远地看到她站在原地抹着眼泪哭。小时候的事不多提了。在我们十几岁时，彼此之间突然没了联系，我考上了中学，后来她考上了另一所更好的中学。直到她大学以后我们才恢复了“正常邦交”。

罗倩在天津的南开上的大学，学的好像是外贸英语专业。我记得她是从大学二年级开始，常常在暑假或寒假期间来找我借书。

刚开始，我们之间还略有些生疏，她还保持着从前的习惯，称呼我为“哥哥”。有时候她挑了书就走，也就一本两本的，很快就看完拿了回来，有时候则客客气气一本正经地谈一谈书的内容。

没几次我们就熟了，找回了小时候的感觉，她不但开始直呼我的名字，而且越来越不把我的书当回事。

本来我是不习惯借书给别人的，但是却架不住罗倩的伶牙俐齿。

她说："我计算了一下，如果你以每天读完一本的速度来读这些书的话，那么全部读完大约需要将近二十年的时间，加上目前你还在不断地购买新书，我得出的结论是什么呢？这些书你不可能全部读过，甚至直到你老死，也不可能全部读完，是不是？"

"有可能。"我说。

罗倩一边不断从书架上往外抽书，一边振振有词地继续道："悲剧啊悲剧。你说我不帮你读行吗？我不帮你谁帮你？"

每次来借书，临走她都说："看完就还你。"其实还的时候很少，一个学期后，那些书早就不知被她丢到哪里去了。

2

罗倩和我无话不谈。由此我知道了这家伙竟敢在中学就谈上了恋爱，大学时已经把一切都交给了一个叫陈辉的家伙。爱得死去活来，爱得甜蜜又充满困惑。有段时间，我觉得罗倩来找我，仅仅是顶着借书的名义倾诉一下她的爱情罢了。

那时候我和当时的女友还没有散。她们第一次在我的小屋里相遇，着实引起我当时女友的一丝微妙恐慌。

罗倩走后，女友对我说："长得蛮漂亮的嘛。"

"漂亮吗？就她？"我反问。

我倒不是故意装傻，还真是没怎么留意她长得如何。以后罗倩再来时，我仔细看看，想想，发现她确实不是我小时候记忆中的女孩了。不知不觉竟然变成了大姑娘，头发长长的，人也长得高高的，不错。穿得也时髦，浑身洋溢着一种让人想伸手触摸一下的青春气息。

“长得是挺漂亮的。”我说。

“你是不是喜欢她啊？”女友问我。

“当然。”我说。

“想跟她上床吗？”

“不不不不……”我把脑袋摇得像拨浪鼓，“太不堪了，那是一种乱伦的感觉。”

“可我怎么觉得，你看她的眼神就是充满着一种乱伦的渴望啊？”

“少他妈的胡说八道。”我说。

3

1997年夏天，罗倩来找我，半真半假地说要为我介绍个女朋友。那时候，她毕业回到北京，在一家外企公司谋到一份差，和她的天津男友分居两城，感情上则是分分合合，吵吵停停。而我，恰好刚刚和原女友分手，一切随风，成了往事。

“我觉得你们肯定特合适，特谈得来。”罗倩说。

“何许人也？”我问。

“我的同学，大学时的好朋友。”

“长得如何？”我直奔主题。

“你看我长得如何？”

“违心地说，还不错。”

“违心地说，她比我漂亮，这都是上学时别人的评价，我心里是不承认的。”

“你有她照片吗？”我问。

“应该有吧，回去我给你找找。”

几天以后，罗倩又来了。

“我的相册都在陈辉那儿，在天津呢，我这儿就有一张集体合影，还是几年前的。”

“哪个是她啊？”我接过照片，看到里面密密麻麻一堆人，女孩多，男孩少，像是某次郊游的集体留念。

“你猜猜看？她长得跟我特像，上学时人们都说我们互为对方的克隆人。”

“这个吧？”我指着一个漂亮女孩问。

“不是。再猜。”

“不猜了。我看就这个好，就介绍这个吧。”

“这个好吗？”罗倩接过照片，仔细看我指的那个女孩，然后把照片重新递给我，“这个不行，第一她人长得没相片上那么好看，第二她不在北京，第三她有男朋友了。接着猜吧。”

“不猜了，剩下的没什么好的，都是歪瓜劣枣了。”

“这个，这个你怎么没看见呀？”罗倩抢过照片，往人堆里的一个人影上一指。

“你说这是你的克隆人？你就自认是这德性？带个大眼镜，梳俩小辫子？”

“噢，”罗倩对我解释，“她现在不戴眼镜了，改隐形了，发型也变了，改短发了，像我这样的。再说这照片是几年前照的，上学时候跟现在上班不一样了，真人也比这张小照片强多了。本来不想拿这张的，整个毁人呢，可手头又没别的，我相信你还是有鉴赏力的，不会被表相迷惑，所以才拿来。”

“别逗了，她要是好，还能给我剩下？”我不屑地说。

罗倩急了，道：“她上学时候男朋友可多了，常换，现在上班，她们公司有几个男的也常围着她转。不过那些都比你差远了，你们成了合适，总比那些差的强。她又是我的好朋友，我不能让她……也帮你一忙。想见见么？”

“再说吧。你现在怎么样？跟陈辉断了？”

“没呢，藕断丝连着呢。我上学时候的青春全让丫一人耽误了，现在我趁他在天津，多换换，挑挑。”

“我说怎么打电话你老不在家呢，闹了半天也没闲着，还以为你在外面兼职做了应召呢。晚上十点了还没回家。”

“去你的，正经点。”罗倩瞪我一眼，然后问我，“你觉得管飞这人怎么样？”

这回轮到我急了："我靠！你跟他呀？这不是闹吗？怎么可能？管飞？阿飞？我真不该介绍你们认识，我太对不起你了！你妈妈知道了非骂我不可。"

罗倩竟然疑惑地瞅着我，说："我们是你介绍的吗？你可真逗。"

"废话，他是我同学，不是因为我，你们能认识吗？"

罗倩想了想，笑了："还真是。你觉得他怎么样？"

"不行不行，人品太次，如果你要跟了他，那你是他的第十二任，太悲惨了。"

"这就说明他人品次呀？我倒不这么认为。你不是嫉妒他吧？我觉得他长得很帅呀，真的，他长得真是很帅。"

"正因为如此，他才堕落的。他的钱怎么挣的？都是从前他在广东做'鸭'挣的，坐台先生，懂吗？"

"真的？"罗倩脸色微微一变，一副吃惊的表情。

"可不，男人比女人值钱，他们坐台一次五百，出台一次五千，价够高的吧？可活儿也累呀，要让人款婆一回达到六次高潮，手和嘴都不能闲着。"

"恶心，"罗倩冲我挥手，制止住我，然后皱着眉头问，"他干了几年呀？"

"呃……"我看罗倩当了真，只好说，"这都是我瞎猜的。不过，好人能挣那么多钱吗？你也不想想。"

"管他做过什么呢，反正我又不付钱给他。能让这么一个久经风尘的男人看上是不是说明我还不错呀？”罗倩站起来，在一面镜子前反复照自己，左看看右看看，似乎是越看自己越满意。

“唉。”我禁不住摇头叹息。

4

名叫管飞的朋友家在安徽，从前在北京上学，后来因为喜欢唱歌不爱学习被学校开除，遂去了南方闯荡。几年前，我送他离开北京，管飞曾望着出租车窗外掠过的城市夜景对我说：“我喜欢北京这座城市，我一定会再回北京的。再来的时候我要在北京开一家酒吧，让哥们儿你天天喝免费的啤酒。”几年后，管飞真的又回来了，外形上看起来没什么太大变化，只是多了足够开一家酒吧的钱。

“我听罗倩说，你是一个超理想主义者？”女孩坐在我对面，手捧着一杯可乐。酒吧的背景音乐有些吵，好像是“枪炮与玫瑰”的歌。

“就算是吧。”我说。

“那你的理想是什么？”

“解放全人类。”

女孩笑了，边笑边咳嗽，可能是刚才被可乐呛到了。

“就因为这才从学校退学的？”

“有这个因素。”我一本正经地说。

“当时什么想法？”

“想都没来得及想。”

那天下午，天很热，我坐在空无一人的吧堂，透过整扇的玻璃窗望向外面，路面的柏油路直冒热气。

过了大约半个小时，一个穿着短裙留着男孩样式短发的女孩推门进来。

尽管没有见过，尽管她跟罗倩拿来的照片上的形象完全不一样，但我们还是立刻都认出了对方。

给我的第一印象是那个女孩笑起来很好看，一种很单纯、很年轻的笑容。

其次我才注意到她的眼睛很大，牙齿不齐，身材很瘦，下颏很尖，一副小狐狸的外形。

“你跟照片上竟然一点也不一样。”我说。

“你见过我的照片？”她问。

“在罗倩那儿，一个什么风景区，一帮人。”

“噢，可能是摘掉了眼镜的缘故，”女孩笑笑，指指自己的眼睛，“六百度的近视。”

“学习一定不错。”我说。

“宁肯要一双好眼睛。”女孩说，然后环顾四周，“这地方不错，很会挑地儿呀你。怎么叫这么个名？”

“因为这家酒吧的老板是一个伤心的人。”

“？”瞪大眼睛。

“多年前他在北京上学，后来被开除回了老家，因此和他大学时代的北京女友分别。等他攒够了钱能够重回北京体面地生活下去时，他当年的女友已经嫁给了别人。”

“故事吧？”

“对，是故事。这个人从前跟我是同学，现在是罗倩新一任男友。”

“不会吧？”女孩吃惊地看着酒吧的环境，“罗倩和陈辉分手了？我怎么不知道？陈辉人多好啊。”

5

在1997年夏天，天气最炎热的一个月时间里，我和那个女孩约会了五次。我们把夜晚的时间消磨在了北京夜空下的街道、河边和公园里。小月河、柳荫湖公园、东湖公园、青年湖公园……

我记不清是哪一次约会，在哪一家公园的湖畔，我开始真的爱上那个女孩了。只记得那一次两个人坐在夏日傍晚的湖边聊天，后来我们没了话题，沉默了很长时间。

后来我点了支烟，抽到大约一半时，叹口气，对女孩说：“要知道我在你面前表现得这么没出息，我从前那些女朋友非伤心死不可。”

“你有过很多女朋友吗？”她说。

“不太多，五六个吧。”

“还行，不算少啦。”

“是啊，也不多，我都这么一把年纪了。”

“和她们还有联系？”

“分先后离去，然后杳无音信。”

“都是什么原因分手的？”

“各种各样，千奇百怪，都记不得了。嗯，有的出国了，有的嫁给别人啦，还有的为点鸡毛蒜皮的事吵了架，互相赌气不理，就再也没有回头。”

“那你想她们吗？”

“嗯，有时候有点吧。很少。”

我没想到那个女孩第一次见面，开口就对我说“听说你是一个超理想主义者”这样的话。我是超理想主义者吗？什么叫做理想主义？我不懂。

6

那天，天色暗下来时我们离开酒吧，找了家饭馆吃饭，后来在夜色中我送她回去，走到学院路那边的小月河时，我们坐在河边又聊了大约两三个小时。

我对那个女孩有了个大概的了解。她的父母都是做矿物工作的，所以她小时候在甘肃那边长大。中学时候家搬到西安，十七岁考到天津的南开大学，目前二十二岁。一年前大学毕业来到北京，现在在一家贸易公司任职，和两个三十岁左右的独身女人住在公司的单身宿舍里。

女孩最喜欢读的书是三毛的作品，最想去的地方是西藏。

“干吗想去西藏？”我问。

“因为没有去过。”

“不想去撒哈拉沙漠？”

“可能的话当然。”

“最想去哪儿？”

“美国。”

“美国？”

“是啊，现在我一边上班，一边正准备考托福呢。”

“出国迷？”

“就算是吧。我们是学英文的嘛，总应该出去一下的，我们同学都是这样，罗倩现在也在准备呢。”

“好吧，趁你出去前我们一起去次西藏吧？”

“好啊，”女孩笑了，然后伸出手说，“拉勾？”

我也笑了。一边和那个女孩作儿童状，一边心想，说说而已。

“要不要叫上罗倩？”我问。

“随你。”女孩想想说。

"算了，不叫她，"我说，"她又不喜欢三毛的书，哪知道什么叫异域风情哪懂得什么叫漂泊的浪漫？"

"你怎么知道她不喜欢三毛的书？告诉你我认识好多女孩子都特喜欢三毛。她是个影响了我们一代人的作家呢。"

"是吗？这我倒不知道，失敬失敬。"

"尽管她的思想不是多么了不得的，可她还是有思想的。"女孩说。

我想了想，觉得有一定道理，就像当年的顾城，未必是多么了不得的思想，但毕竟影响了一代人。任时光流转，任斯人已去，我们却一直把那种简单的浪漫思想深埋心中。

在河边，我们的谈话时断时续，很多时候只是沉默地坐着，两个人望着河面发呆。是那种令人舒服的沉默，倒不至于尬尴。

有一次沉默的时间较长，我抽完一支烟后，侧头看她，问："好像日子过得不太开心？"

女孩没有回答，像是默认。

"不用担心，很快就会过去。"我说，"我二十二岁的时候也常常觉得生活挺烦的。"

这回女孩笑了，说："我并没说我过得不开心呀。"

她笑得确实是很开心的样子。

"可以感觉出来。"我说。

"真的没有，我干吗不开心？白天工作，晚上学习，闷了还有人陪着聊聊天，觉得很好啊。"

“那算我没说吧。”

“你二十二岁时为什么事烦啊？”

“多啦，感情的事啦，生存的事啦，理想的渺茫啊，等等。”

女孩很认真地点头，一脸的严肃表情。

7

女孩说：“上大一的时候，我常常打了饭不吃，把饭盆往桌上一放，先开始坐在床边哭。”

“干吗哭？”

“想家啊，”女孩笑吟吟地说，“因为饭不好吃。”

我笑了。

女孩继续说：“有时候我吃了饭不洗碗，就那么扔着，同屋的人就知道我又没吃好，在生气了。”

那天，是我和女孩的第二次约会。幸亏我们在北三环的那家川菜馆吃得还不错。吃饱了肚子，我们在路上溜达，然后进了柳荫湖公园。

夜色降临后，我们并肩坐在湖边聊天。公园四周这几年建起了很多高层建筑，饭店，写字楼居民楼。灯光映在湖面，像是水底串着彩灯。公园的另一处，有一处露天舞场，声音很大地放着一支旋律模糊的曲子，只有鼓点很清晰。

"上学的时候很喜欢跳舞。"我们伸着耳朵听了会儿远处的曲子后，女孩说。

话说得没头没脑，我点点头，表示知道了。

"那时候最喜欢和罗倩她们几个好朋友在周末，穿上好看的衣服，去外校的舞场，晚上大家一路有说有笑地回来。"女孩自顾自地说着，不觉露出神往的表情。

"喜欢哪支曲子？"

"最喜欢？"女孩想想，说，"最后一支吧。"

"《一路平安》？为什么？"

"嗯，那时候去跳舞，也许心底的愿望就是想多认识些男孩吧。有时候碰上个帅的，一支支跳下来，到了最后一曲相互才会有一点点感觉，可是舞会马上要散了。"

"不互相留地址电话？"

"很少。不过大部分等一散场就忘记了。"

我点点头："曲终人散，很遗憾啊。"

"当时是觉得有点吧。"

"可会哼那支曲子？"

"你说《友谊地久天长》啊？当然会……老朋友怎会忘记，心中能不怀想，友谊万岁，友谊万岁，友谊地久天长……"

"可知道这支曲子还有另一种填词？讲《魂断蓝桥》的。恨今朝相逢已太迟，今朝又别离，恨重如山，命薄如絮，白首更难期。为君断魂为君断肠，谅君早知矣，今后天涯愿常相忆，此情永不渝。”

“哇，你唱歌还蛮好听嘛。”女孩伸手摸摸我的头，露出笑容。

“不知道咱们以后的发展适合哪种歌词？”我也笑了。

“只能是第一种。我不会做你的女朋友的。”

“我并不要你做我的女朋友啊，”我开玩笑地说，“我要你做我的老婆，好不好？”

“走远吧你！”女孩笑着推了我一把，差点把我从台阶推到湖下去。

“走远吧你”是那个女孩的口头语，类似于北京女孩习惯说的“讨厌啊你”。后来问了她，才知道这是她家乡的语言习惯，就是“滚开”或“滚远点”这种话的代用语。

“直接说滚远点不就行了？”我问。

“不想骂人。”女孩说。

8

“谁的老婆也不做。不想嫁人。”女孩说道。然后双手支着脑袋发呆，显然是想像着以后做人家老婆的时光。

我突然觉得生活过得挺美好，夏日的夜色，映着彩灯的湖面，远处的旋律，还有旁边的女孩，还有清凉的风，还有那个女孩因不愿长大而生出的淡淡的忧愁。日子要是这样日复一日，人生该是多么逍遥啊。

我掏出烟来，低头点了一支，美美地吸了一口。空气中有一种若有若无的甜丝丝的气息，还以为是女孩的忧愁的气味，后来才想明白，是混合了那女孩身上的洗发香波、香水以及薄裙中蕴含的太阳的气息而生成。

“给我一支好吗？”

我看了她一眼，把自己手中的那支递给了她。

女孩接过来，很认真地抽了起来。

我看了她一会儿，欣赏她抽烟的样子，忍不住笑了。

“笑什么？”女孩面无表情地问。

“你抽烟的样子看上去像是个不良少年，像是个不学好的小男孩。”

“……”

“怎么不说话，不让我走远啦？”

“……不想说话……”

“那我也不说了，我陪你抽烟吧。”我掏出烟，又为自己点上一支。

“你知道吗，我好喜欢北京啊。”

“难道不喜欢别的城市？”

“许多城市我都没去过。”

“比如拉萨？”

“那是开玩笑的，别当真噢。也许以后我会去上海。”

“上海不错。”我说。

“倒没觉得。”

“那干吗去？”

“假如哪天在北京混不下去了，我就去上海。”

“……？”

“我有亲戚在上海，是我姑夫，一家公司的老总。假如哪天我在北京混不下去了我只能去上海求他了。”这时候，女孩装出一副让人心疼的可怜兮兮的样子，表演说，“姑夫，求求你给我一份工作吧。”

“现在的公司不好吗？”

“想离开这家公司，又没地儿去。”

“干吗想离开？”

“就是想离开。”

“回西安不好吗？”

女孩想了想，说：“上海和西安都不好，不像北京，有这么多的公园，每个公园里都有一面湖。你知道吗，我喜欢坐在湖边聊天。”

“和我？”

“和谁都行。”

9

我家的房门遭到了一阵粗暴的猛砸，当时我正凝神写作，着实吓了一跳，那种敲门的手劲有些像院里查水表的。打开门，却是一身典型外企小秘着装的罗倩，制服短裙，长筒丝袜。

“倒霉透顶，没带家门钥匙，来你这儿待一会儿。”罗倩闯进屋来，“屋里没女人吧？”

我看看表，正是上班时间，问：“旷工了？”

“辞了，不干了。”

“嗯？”

“给了我们老板一记耳光。”

我吓了一跳，道：“凭什么呀？”

“不提了，反正我不喜欢老男人，就是这样。”

“明白了，原来如此。”

“你们之间发展得怎么样了？”

“你说你那个小克隆人？没什么进展。”

“有没有 fuck her？”

“我对你的遭遇深表同情，但你也别就此变得这么粗野，成吗？”

“Sorry。那，有没有 kiss her？”

“无。”

“赶紧努力呀。”

“你准备怎么办？”我问她。

“你说工作？慢慢再找呗，趁这段工夫忙忙托福的事。”

“感情呢？还是管飞、陈辉两头抻着？”

“现在是三头了，我在火车上又认识一个，也不错。我得趁出国前留一些我在祖国的美好回忆。”

“我说你当心点，可别在火车上瞎认识人。什么人啊？你不知道现在人心险恶，当心让人拐了，卖了，杀了。你不知道有一部电影就叫《列车上的陌生人》，结果是一变态杀人狂。”

“杀我？借他俩胆。现在让我支得团团转。”

“有两下子。”我赞叹完问她，“你给我介绍的那女孩好像不太开心呀。”

“是吗？可能吧。她一个人在北京，没家，可不嘛。你正好没事多约约她呀。”

“她有男朋友了吧？我感觉。”

“没有呀，我不知道，有了你也可以约呀，竞争嘛。”

我摇摇头，说：“多提供点情报。”

“真是没有。”罗倩认真想想，“要不我不可能不知道呀？也就是她们公司的俩男同事对她有点意思，不过没戏，那俩人我都见过，根本没戏。”

“算了吧，我别瞎掺和了。”我摇摇头叹息说。

“别呀，我觉得她真是挺不错一女孩。”罗倩认真说，“长得还行吧？”

“不错。”我说。

“还能聊得来？”

“感觉很好。”

“那还不赶紧打电话约？”

“算了，我还是忙我正事吧。”

10

正事，当然是指我的写作了。我静坐书斋，大部分时间不是奋笔疾书，而是在苦思冥想，理不出头绪。有几日，我整夜不眠，思考问题，深刻得让自己心跳。那种深刻感动得自己激动不已。早上醒来，却觉得十分可笑。一夜之间，一切变得十分可笑。

在家写了一个星期的小说，除了将一点从前自己对于写作的信心消耗磨蚀光了以外，就是消耗掉了大量的香烟、咖啡。没有一点别的收获。

想睡觉，但是怎么也睡不着了。躺在床上，我瞪着眼睛想心事。很多日子，我就是这么打发时间的。想心事。我想让我的心事变成一本书，这是我长久以来的梦想。可时至今日，这还仅仅是一个梦想而已。我躺在床上，在虚无中勾勒出整本书。相当完整。可一旦我爬起来想把他们写出来，那些家伙就像故意和我做对似的，立刻消失得无影无踪了。跑得真他妈的快。

11

“喜欢听流行歌吗？”女孩问我，瞪着可爱的近视眼。

“当然。”我说。

“听 CD 还是听音乐台？”

“都有。”

“我们上学的时候最喜欢听音乐台，因为歌多，不怎么重样，如果把想听的全去买来专辑，一个歌手只有一两首好听的。”

说到这儿，女孩想起什么似的，说：“你知道吗？罗倩和陈辉那时候可浪漫了，有一次他们俩吵架了，罗倩不理陈辉，陈辉就在音乐台给罗倩点了一首歌。我们几个同宿舍的女生晚上全把收录机打开，播到同一个台听，那首歌把我们感动得……”

“什么歌名？”

“张雨生的《大海》。”

“是很好听。”我点点头。

女孩道：“张雨生还有一首歌叫《一棵秋天的树》，歌词简直绝了。不骗你。”

《一棵秋天的树》

我是一棵秋天的树

时时望天，等待春风吹拂

可季节不会为我赶路

我很耐心，不和命运追逐

我是一棵秋天的树

安静守着自己小小疆土

眼前的繁华从不羡慕

因为最美在心，不在远处

十九岁时，我最喜欢的是美国的吉米·亨德里克斯。此人1942年出生于西雅图，十六岁时自学吉他，旋即成为当地第一高手。十九岁应征入伍，二十岁时，他朝自己腿上开了一枪，如愿以偿地退伍，但因此成了终生残疾。二十四岁时，他的吉他演奏水准震惊世界流行乐坛，达到了后人难以企及的高度。二十八岁时，吉米因吸毒过量猝死于英国伦敦。

在学校时，我和管飞说起此人的事迹，管飞曾这样解释吉米之死，即他要想不断超越自己，只有求助于迷幻药，以自己的生命为代价求得大师之境。除此之外，他别无所求，不管是出唱片带来的滚滚利润，还是世人所赋予的虚幻荣耀。因为只有他自己知道，他还没有做到最好的极限。

管飞称，那就是寂寞高手的独孤求败之境界。

我倒觉得未必，怎知不是琴魔吉米突然爱上了一个女人，觉得她比自己一直以来心中独有的吉他更重要，而那个女人却不爱他，因为他是个残废，因为他只会爱抚他的琴，而根本不懂得女人，于是吉米伤心失望，自弃铸错。

12

女孩给我打来一个电话，问我：“晚上有事吗？”

“没事。我是闲人。”

“想一起聊聊天。”声音听上去很落寞。

“没问题。”

“我五点下班，来我公司如何？”

“到时候见。”

我到她们公司的时候，公司里只剩下了两个女孩和一个男孩。那个男孩和另一个女孩坐在一张桌前，不知是在办公还是在看闲书，只是各自低着头。我找的那个女孩孤零零坐在空荡的大办公室的另一头，看见我来了，竟然出奇地热情和高兴，一点没有刚刚电话上那种落寞的感觉。

“等半天了吧？”我说，“路上堵车。”

“没事儿。来了就好。”女孩蹦蹦跳跳来到我面前，“我们晚上去哪儿？”

“随你。”

“我最喜欢吃 KFC，先去吃 KFC 吧？”

“是不是咱们还小点儿？”

“反正我就是喜欢吃。”女孩抓着我的胳膊，回头对那男孩道，“我先走了。”

“再见。”那男孩抬起头，看见我，礼貌地笑笑。

那个男孩长得挺秀气，略有点胖，大约和我差不多大的样子。

出了公司的门，女孩的热情劲便消失了，仍旧一副郁郁寡欢的本色。

“你们同事，那哥们儿不错。”路上，我说。

“没觉得。”

“我要是你，为他也不会想离开这家公司。”

“我想离开公司吗？”

“上回你说过的。”

“说说罢了，离开了去哪儿？”

“那女孩也不错。”

“那女孩不是我们公司的，是那男的的女朋友。她不错吗？”

“不错。”

女孩摇摇头：“没觉得，她来北京看她男朋友，也不能没事就泡在我们公司呀？我们怎么办公？多不懂事呀。”

“外地人？”

“南方的，那个男孩。女朋友是他从前上学时认识的。”

13

“怎么今天想起给我打电话？”吃 KFC 的时候我问。

“闷了，想找人聊聊天。”

“是不是为你那胖同事烦心。”

“为他？”女孩瞪大眼睛，笑了，“胡说八道，怎么可能？”

“我有一个办法让你不会再闷。”

“请讲。”

“做我老婆。”

“走远吧你！”女孩笑道。

“这办法好不好？”

“不好。”女孩收了笑容，噘着嘴说。

“为什么？”

“做老婆？我可不喜欢做饭。”

“我做饭。”

“我不喜欢洗衣服的。”

“我来呀。家务活儿也是我的。我做饭，我洗衣服，我看孩子，我打扫卫生，我给你打洗脚水……”

KFC 的一个服务生走过我们身边时，不知为何脚下一滑，结结实实地摔了一个屁墩儿，手里的盘子顺势也扔了出去，弄出了很大的声响，惊得店内所有人都吃惊地看他。男孩站起身，摸摸后脑勺，红着脸在众人的目光中向操作间走去。

女孩望着那服务生的背影，忍不住笑了，片刻，转回头，依旧甜甜地笑着，问我：“那我做什么？闲得无聊岂不是更没意思？”

“你嘛，我做饭时你来陪我聊天？”

“可我不喜欢闻油烟味。”

“那你在客厅里给朋友打电话。”

“和我的男朋友吗？”

“随你了，总之你干什么我都不管你。在你面前我就是一条忠实温顺的狗，围着你团团转。”

“干吗说自己像狗？”

“狗好啊。狗是人类的朋友嘛，狗是永远不会变心的嘛，人是多么善变呀。”

我们说话的时候，坐在我们一桌的一个五六岁的小女孩一直痴痴地望着我，我觉察到之后，感到有点不好意思。那个小女孩的母亲也发现了我的尴尬，她轻轻拍了小孩一下，说：“快点吃宝贝，别发呆了。”但是她自己也忍不住低头抿嘴笑了。

“是啊，人是多么善变。”沉默了一会儿，女孩说。

14

“我知道你是在开玩笑的，不过你能这么说让我很开心。”

“本来不开心吗？”

“是啊，不开心。”

“想家？”

“不是。有时候想，但不是为这个。”

“那就是感情的事。”

女孩不再说话，专注地看着湖面。

“其实我说的那些话并不完全是开玩笑的。现在我发现我真的是有点爱上你了。”

“不许说这个字。”

“说喜欢上你了，行吗？”

“太快了吧，我们才见过几面？这是第三面还是第四面？”

“你从前没这么快过？”

“我和我同事是将近一年了才有的感情嘛。”

“哈，闹了半天是你的破同事，让我套出来了吧？”

“你不许说他破，你走远你走远！”

我抓住女孩推我的手，坐着不动，说：“好好，我已经走远了。是不是那个胖子？”

“你怎么知道？”

“超人的洞察力嘛。”

“别瞎猜了。我们公司的男同事多着呢。”

沉默了一会儿，女孩说：“想抽支烟。”

我点上烟递给她，看着她一口一口地抽，摇摇头，说：“为了那么个胖子，至于嘛。”

“什么胖子？你不要再瞎猜了好不好！好不好！”女孩一边叫一边重重地捶打我的肩膀。略有点疼。

“好好好。不管他是谁吧，我们来谈这件事好不好？”

“有什么可谈的。”

“喜欢他就跟他好了。”

“可是不行的。”

“他有家室了？”

“可他有女朋友，四五年了。”

“四五年算什么，时间越长越没可能，抢过来好了，竞争嘛。”

“不想。”

“不是不想，是已经输掉了吧？”

“怎么可能，就是不想嘛。不想再说这事儿了。”

15

那天晚上，我和那个女孩一直坐在青年湖公园的一只游船里聊天。游船被成束地牵在岸边，我们轻易地就躲了进去。

我对这家公园是那么的熟悉。它像是块盆地被四周居民区的高楼所包围。每天早晨附近的居民大都来这里遛早，吊嗓子的，练气功的，遛鸟的，十分热闹。这个时候却显得荒凉。

后来那个女孩不想再开口说话，我便自顾自地给她讲起了我和这家公园的事。

我说：“湖心岛那边有个儿童游乐园，我高中的时候常和朋友们在那里玩碰碰车，而我上的小学就在这个公园附近，那时候我们常来这儿玩，拍洋画弹球。那时这儿还不收门票，当然也就是说没现在这么漂亮，据说这儿很久以前似乎是片什么坟地。每当赶上植树节一类的活动学校就组织我们来这儿植树。”

那些事已经过了多少年了？可讲的时候我仍记起了当时自己弄得双手是泥，一身一脑袋土的情景。没准这儿的哪棵树就是我们小时候植树节种的呢，可惜我已经认不得了。“小树在茁壮成长”，模模糊糊的句子。“年年岁岁花相似，岁岁年年人不同”，模模糊糊的人和事。我在北京这偌大的城市生活了二十多年，可是活动范围竟是那么小。我的小学、初中、高中竟是以这个公园（从前的坟地）展开的等边三角形。可是，小学时候的那些同学和好朋友，我无论从信息行踪上还是感情上都早已失去了联系。中学时代的好朋友们也日渐疏远了，当初，要好的时候，几近生死之交，仔细算算，毕业不过六七年的样子，一切就全变了。

我说：“十七岁时，我有个要好的女同学，家住在附近，所以会常来。在我们感情最要好的时候，我们曾在这里找了一棵树，在上面刻下了我们的名字，那个女孩还刻下一行字，其实是从古龙小说中看来的，我们来过活过爱过……可惜天黑了，要不还可以找找看。不知道树是不是长高了，字也应该变得挺大的了吧……”

说着说着，我突然间觉得自己的生活变化真大，那些事如果不说起几乎都要被我忘记了。换一个角度，如果昨天的我知道今天的我是这个样子，我会相信吗？会接受吗？我黯然地想到那时形影不离的好朋友我竟如此自然地把他们排除到记忆的边缘，十七岁时要好的女同学也已各自分离，不再通音讯。

我说：“那时候，我和那个要好的女同学常常设想以后会怎样，没想到那时不可想像的一切，过渡到今天竟是如此自然。其实即使最后我们没有得到今天想要得到的一切，对于未来我们已适应的生活，今天能算得了什么呢？其实所谓最坏的结局不过是人一时一地的想像，其实根本没有结局。”

……

我在说话的时候，女孩一直没有应声。我侧头看她，发现她把头埋在自己的双膝间，不知在想什么，双肩显得愈发瘦弱。

“怎么了？”我拍拍女孩肩膀，女孩竟然哭出了声音，双肩也开始耸动。

“喂，你怎么了？别哭好不好？我从小就有一种奇怪的病，看到别人哭，与自己不相干，也会忍不住跟着一起哭的。”

“你想哭就哭好了。”女孩呜咽着说。

“我干吗想哭？是你在哭。”

“我哭我的，关你什么事？”

“会传染我的。”

“你不会这么讨厌吧？”女孩抬起头，“我想自己安静地哭一场都不行？”

16

那天晚上，我送女孩回去的时候，在她宿舍的楼前吻了她。

有一刻，我进入了一种绝对的痴迷状态，在我的意识中，世界仿佛已经不存在了，我能感受到的仅仅是女孩柔软的舌尖。

“好了，我该走了。”女孩推开我，跑进了黑漆漆的楼道。

速度很快。我还没有反应过来，人已经消失了。我愣了足足半分钟，感觉也许刚刚的一切仅仅是我的幻觉，也许我刚刚仅仅对着虚空接吻。

站在凉爽微风轻拂的夜色中，我想起了许多事。

17

海明威在《太阳照常升起》中，以这样一段描述给小说作了终结：

“唉，”女孩说，“我们要能在一起该多好。”

前面，有个穿着卡其制服药骑警在指挥交通，他举起警棍。车子突然慢下来，使女孩紧偎在我身上。

“是啊，”我说，“这么想想不也很好吗？”

18

我一夜没合眼，望着天花板，想心事。从前，一个女孩送我的红色万宝路烟缸倒了两次，到天亮时，又变得满满的。好在是夏天，窗子都开着，屋里还不算呛。

为了能够让时间在不知不觉中流逝掉，我随便找了本书，作者是个在二十四岁时就自杀死去的诗人。我竟然一字不落地从头翻到了尾。

诗人说：“面朝大海，春暖花开。”

诗人死去的那一年，我们正好高中毕业。

诗人说：“今夜我不关心人类，今夜，我只想你。”

想来，早逝的诗人已然完全了解了这个世界，然后，他跑去另一个世界，探寻冥冥中更深远的秘密，而我们，还是蒙昧未开的孩子，在别人死去的年纪，才刚刚开始学习生活。

19

早晨六点半的时候，阳光从窗口照进来，我决定给罗倩打一个电话。

“起床了吗？”我问。

“起来了，正满屋转悠呢。”

“我找你谈谈好不好？”

“可我们家人还没起呢。晚上吧，等我下班回来。”

“嗯？不是辞职了吗？”

“没办法，为了生活，又找了一个。”

“确实有事，不找你说我会疯的，你晚上回来我就跳楼了。”

“那十分钟后在咱们院门口碰面吧，顶多二十分钟，要不我上班要迟到了。”

我们院门口是一条宽大马路。在早晨清冷的阳光下，汽车堵得水泄不通。院里有家幼儿园，许多年轻的父母在送孩子。我来到楼下，坐着抽烟，看风景。两支烟后，罗倩骑着辆山地自行车，来到我眼前，一条腿支地，看着我说：“起得够早啊，看你这样子像刚打了一宿麻将，脸都绿了。”

“别开玩笑了，下车找个台阶坐着说吧。”

“到底怎么了？”罗倩下了车，我们找了楼前的一处石阶坐下来，“失恋了是吗？”

“也谈不上。”我想了想，发现自己突然并没什么可说的了，不知为什么，我情绪似乎变好了。我看了半天罗倩，笑着说："哇，你穿得好精神啊。"

"别恭维我了你就，是不是最近在人家那儿练出来了啦？有事没事？没事我可上班去了，我跟您可不一样，您是可以天天家里坐着，坐烦了还可以出去泡泡马子。"

"别这么粗俗，说点正经的，你真觉得她和我合适？"

"当然，你想她是我的'克隆人'还差得了？怎么样，爱上她了吗？"

我续了一支烟，不知道怎么说。

待了一会儿，罗倩说："是不是失恋了？"

"不知道，我从来没失过恋。前一段你去天津了？"

"对，周六去的，周日回来的。"

"干吗去了？"

"去我们外教那儿拿份材料，申请出国的。"

"碰见陈辉了？"

"碰到了，准确地说是我找他了。每回去天津要是不去找他好像缺点什么似的，尽管现在我们不是那种关系了，但似乎变得像是有血缘关系了似的，感情倒觉得更近了。"

"奇怪。"

"奇怪吗？不奇怪。每回去天津碰到他都很开心，一起去泡酒吧，跳舞，像是上学时一样，自从工作以来我只有去天津找他时才这么开心。不过最近他工作也是特别忙，他说他整整一个月连续每天工作十几个小时，胡子也不刮，人也瘦了。本来我们说好互相不再找，看他这个样子，我对他说，要不就找个女朋友，他也对我说，你也找个男朋友，但是不许牵手。我说，直接上床……”

罗倩絮絮叨叨地向我描述她的天津之行时，我一边抽烟，一边不知想起了什么，感觉有眼泪要往眼睛上涌，我极力想忍回去，但是这却反而加助了它们想出去的欲望。我把头扭向一边，脸上肌肉绷紧，但它们还是无声地汹涌地流了出来。那一刻，留在我记忆中的是我看到天很蓝，有白云在飘。罗倩在我身边停止了她的叙述，我不知道她是什么表情，是否在看我。现在回忆起来，那年夏天的那个早晨，我到底想起了什么？我只能确定，在我脑海中出现了那个女孩的笑容，也出现了我们谈话的片断，可能还有许多无关的东西，比如海明威？海子？邓丽君？张雨生？吉米·亨德里克斯？死去的诗人？死去的歌手？不知道是哪一种东西使我无法遏制自己的泪水。

我恢复了平静以后，有些不好意思地转头去看罗倩，发现罗倩正在低头假装对地上的几只蚂蚁发生了兴趣。

“没什么，你接着说吧。”我清清嗓子，对她说。

罗倩目光惊异地看着我说：“我真没想到你竟然会这样，真的我很吃惊，她有什么呀？不就是一个小女孩吗？”

“也许跟她没关系。算了，不好意思，好久没这样了。我可能是犯病了，你知道爱情是一种病。”

"真的？我真想不出，她有这么大魅力？"

"……"

"你也是，不至于吧，您老先生应该是久经沙场了？"

"……"

"不过我觉得你还是不错的，这么大了还能这样……这样，有那什么……像个孩子，对异性怀有初恋一样的感情。我觉得你不错。"

"……"

"你看像我这么大的人，我想包括'小克隆'也一样，都不会这样了。我们非常现实，你看我和陈辉，因为他不愿来北京，所以我们只能自寻前程了。上学的时候可以说这说那的，怎么都行，可是一毕业，走上社会，也只能这样了。"

"那时候只因为他不愿来北京？那是他不够爱你。"

"难道要你跟'小克隆'回西安你同意？她在北京不过是打工妹呀！"

当时的我认真地想想，说："我想我可以。"

罗倩摇摇头："我还是认为陈辉的做法是对的，因为在天津他可以做他的事业，对于男人来说，事业当然是最重要的，他这不是自私。如果他来北京，他能干什么？他在天津的酒店做管理，一直很受重视的。"

"爱江山更爱美人嘛。"我说。

"男人应该是爱美人更爱江山，有了江山自然会有美人，没有江山现在恐怕也守不住美人，再说，守住了又会怎样，美人早晚会老……”

我笑了，说：“真他妈赤裸。”

罗倩也笑了，过了一会儿，严肃地说：“话说回来，我觉得要是她不选择你那她就太傻了。真的，尽管咱们平常老故意互相挖苦，不过说实话我觉得你真是不错，做事挺认真的，又宽厚，温和。我妈也一直认为你人特好，觉得你从小就是个厚道、仁义的孩子，真的。我觉得也是，跟从前比起来你也是变了好多。”

“从前我什么样？”

“忘了忘了，想不起来了，其实你从前那个样子已经在我记忆中快抹去了，提起来，真是变化特大。”

“你说我怎么办？”

“嗯，try to please her or let it be，看你了。”

“跟没说一样。”

“Wiser words of wisdom——let it be！”

“这话是谁说的？”

“约翰·列侬或圣母玛利亚。”

我点点头，看着罗倩，开玩笑地说：“喂，我有没有告诉过你我十三岁时起就爱上了你？”

“好像说过了吧？为什么当时不告诉我，也许我会同意，那时候我应该是九岁吧？嗯，已经懂事了。”罗倩假装想想，开心地笑着说。

“那时候哪敢啊，看见你就赶紧一低头，同时心里怦怦地跳。不开玩笑，说句实话我觉得你也不错，不过咱们现在也没什么发展可能了，太熟了，我一直就把你当个男的。”

“去你的吧，我也一直把你当个女的！”罗倩站起来，跨上自行车，“我该上班去了，要不晚上我帮你打个电话，帮你问问她？”

“算了吧，”我想想，说，“还是顺其自然吧。”

20

多年以来，我一直想顺其自然地生活，然而却总是不能够。也许是生活中不自然的东西太过多了一些。那年，有一家杂志在北戴河开笔会，名单上正好有我。我想也没想，便随着去了。至于那个又一次让我禁不住动了凡心的女孩，就真的顺其自然一回吧。

树未动，风也未动，是心在动。佛经上似乎有如是说。想不到自己一把年纪了，心还是禁不起风吹，一吹就动。

记不起从什么时候就懂得了那个道理，大自然可以治愈我们心灵的创伤，尤其是爱情所带来的那种伤。就到海边，到自然中去吧，既然前人们都是这么做的。

十六岁那年，就是利用暑假一个人去了北戴河海边。古人诚不欺我，疗效果然显著。在十六岁的日记中我这样写道：

“这是我生平第一次见到海，那种感觉完全是一种超脱，海面很平静，在它面前，所有的困扰和痛苦都已算不得什么了。我觉得自己心中也一直有这么一片海，我真正的生活在这里，这是我一直以来期待的向往的我要去的地方。海面上，阳光片片闪耀，海风夹杂着略微的腥味轻轻吹拂脸庞，心中淤积的东西就那么一下子消失了。生活毕竟是美好的，那些姑娘、老人、孩子，都那么开心，他们在各自的生活中也许像我一样充满了烦恼，甚至痛苦，可他们现在却那么欢乐……”

在海滨，偶尔会想起那个女孩，想想也许她会打电话给我，却找不到我。觉得挺好玩，心里想着点什么人什么事的古怪心情挺好玩。

有一个黄昏，我独自在海边漫步，赤脚踏在发热的细砂上，身体沐浴在霞光中。海边的人不多。黄昏的暮色越来越浓，使得海天相连，难以区分它们的边界。这时候突然看见一个女孩独自站在海边，向远处眺望。她穿着一身白色的衣裙，赤着脚。海风吹动她的裙摆，显出她颀长的双腿的轮廓。她一动不动向着海的远处眺望，显得孤独，美好。我觉得那情景似曾相识，是在梦中，还是在多年前第一次来海边？我站在那个女孩十几步开外的地方，也向着她目光延伸之处望去。

那一刻，突然觉得生命如海一般浩瀚辉煌，生命也如海一般平淡而安详。是了，以后就让自己的生活像这样顺其自然吧。

在我十六岁那年的海边日记中还有这样一句话：“毕竟还要回到自己的生活中来，一回来，那些已被甩掉的烦人的事又接踵而至了……”

21

回来以后，我继续试图写那本我梦想中的书。那年夏天，真是一个热得叫人喘不过气来的夏天。本来就烦躁，又赶上了外面的马路正在翻修，尘土飞扬。我看着路上来来往往川流不息的人与车，觉得实在不适合写作。

坐在黄昏时的屋里，我信笔在一张白纸上写着字。神志清醒时，我发现我写下了香烟、文学、青春、爱、信心、生活等字样和一幅勾勒着线条的女孩的脸。

那都是我生命中不可或缺的东西。每当我有了香烟，我就会信心十足，但我想我不能只有这几样东西。我犹豫地又接着写。又写了那个女孩的名字，随之又划去了，再写上，几次三番。我拿不准她应不应该和上述那些名词并排。

我有点害怕了。我觉得我老了。从前，无论是面对冰雪聪明还是貌若天外飞仙等等的女孩，我都没有这样过，如果我还是一个未来正无限向我招手的孩子，我怎么会那么在乎一个女孩呢？管她是有思想还是有身条，还不都是转脸就忘，隔一夜就敢写成陈年往事。莫非我二十几岁就人到中年了?

青春如此早谢。

我又何必坚挺?

22

我被一本爱情小说给迷住了。开始只是无聊地想翻翻，可渐渐地进入了角色。天公不作美的是这时候一只苍蝇开始对我进行骚扰。起初我只是挥挥手轰它，希望各自相安无事，可是它却蹬鼻子上脸，总在我耳边嗡嗡地叫，一会儿在我手上停一下，一会儿又落在我的书上。这种讨人厌的行径为它招来了杀身之祸。我不动声色地去找了苍蝇拍。当这家伙再次落在我的书桌前时，我及时地一下子把它打到了桌子下面。想来它死定了，便接着看书，再看时便觉得写得假了。看了会儿，没了兴趣，把那个爱得死去活来的爱情故事扔在了一边。这时我才想起来应该处理一下那个死苍蝇的尸首。找了一下，才发现那家伙竟没死，只是被我打伤了，现在正在地上艰难地爬行、挣扎着。我欣赏了一会儿它的痛苦，然后将其彻底击毙。

把那苍蝇毁尸灭迹后，突然想打一个电话。树未动，风未吹，确实是心动了。

“喂？”女孩接起电话，听出是我，说，“过一会儿再打来好吗？”

“为什么？”我问。

“我正在洗澡啊。”

放下电话，我想想，便也在卫生间冲了个凉，然后，再次拨通号码。

“喂，洗完了吗？”我问。

“刚刚完。”

“穿好了衣服？”

“没有，宿舍里就我一人，同宿舍的出差了。”

“好吧，让我想像一下你的样子。”我说。

“能想像得出？”

“应该没问题，现在躺在床上呢吧？”

“是啊。还真有两下子。喂，最近为什么不给我打电话了？”

“出差了，去北戴河。你怎么样？心情好吗？”

“一直很好。”

“好像前一段是心情不好啊？”

“没有啊，怎么会不好？不可能的。”

有一搭没一搭地闲聊。有一刻，突然没了话说。我看看外面天色，竟然慢慢黄昏了。

“再说点儿什么吧？”我说。

“你说啊。”

“你说吧，我听着。”

“说我小时候的事吧，那时候真是无忧无虑呢，我哥哥大我两岁，什么都让着我……”

叽里呱啦一大堆，听着听着，觉得童年真是很美好。

“上大学的时候更好玩，”女孩在电话那边兴高采烈地讲，“那时候和罗倩还有李芳，我们宿舍另一个女孩，三个人最要好，晚上熄灯了不睡，三个人讲笑话，笑得我都不行了。有一个笑话，她们刚讲完，我没听懂，躺在被窝里琢磨，想明白了，突然哈哈笑，把她们都吓坏了……”

“……”

“还有啊，我不是特瘦吗？她们就取笑我，李芳很胖，我就笑她胖，每天我们都是取笑来取笑去的……”

“李芳？从没听你或罗倩说起过。”我问。

“她家在湖南的，毕业后分回家去了。”女孩的声音黯淡下来。

“还有联系吗？”

“她回家工作了没半年，出了一次车祸，没救过来……”

我沉默了。那个女孩也沉默起来。我望望窗外，天渐渐黑下来。

过了很长时间，在我疑心对方已经把电话挂断时，我问：“更怀念小时候的事，还是上大学时候的事？”

“都很怀念。”

“会常常想起李芳？”

女孩那边又是很长时间的沉默，说：“想起过去就会想起来。”

“多美好的生活啊。”我说。

“是啊，美好的生活。”女孩小声应道。然后电话那边开始有了唏歔的声音，我静静地听，疑心那女孩哭了。

不禁回想起那一晚，在青年湖边的事，当时那个女孩的哭泣，不知道是想起了从前和朋友们在一起时的美好，还是因为当前爱情的不如意？不过，这无关紧要了，反正生活是美好的，这就足够了。我们的生活曾经美好过或者我们的生活在以后会美好起来，就是这样。

“想出来吗？”我问那女孩。

“来我们宿舍接我好吗？”女孩略带着哭腔请求。

“哈，”我笑道，“还以为你十七岁离家上学，到现在一直孤身生活已经磨炼出来了呢，怎么还像个从没离开过家的小孩？”

“哼，那我不去了。”女孩气道，“我怎么不能像个小孩？我就像个小孩。”

23

她们公司的宿舍在学院路那边的一所学校里。我蹲在那所学校的门口等她。学院路那边的每一所校园门口似乎都有一尊毛主席塑像，有的是在招手，有的则是背着手。那所学校是招手的，马路对面那所学校的也是招手的，左右看去，像是老人家自己和自己打招呼。

时间大约是八九点钟，天刚刚擦黑。一支烟没抽完，女孩从校门口走了出来。

我说："两个星期没见，我几乎认不出来你了。"我确实有些认不出她来了，比起刚刚见面那次，她黑了一些，人显得憔悴了，日光晒得脸上有些淡淡的色斑。

女孩说："我瘦了。"

我说："这倒没觉得，你原来也很瘦。"

"可是我现在更瘦了。"

"怎么回事？"

"吃不好饭。"

我把烟扔掉说拦辆车吧。车来了以后，我为她打开后面的车门，让她先坐了进去。确实是瘦。我记得她大约一米六五的样子，体重八十斤，穿着一件领口开得很低的连衣裙，脖子后面的骨节显得异常清晰。

我说："许多女孩都想瘦吧，她们应该很羡慕你。"

女孩说："可是我想胖一点。"

"好吧，"我说，"那今天大吃一顿。"

我们一起吃了巴西烤肉。然后重新回到了我们第一次见面的地方，管飞的那家"爱你"酒吧。

恰好那天管飞在。我们在酒吧外的露天啤酒座坐了下来。

我给他们介绍："管飞，我同学，罗倩现任男友，是吧？"

我问管飞。

管飞笑着挥挥手："还不算，还不算。"妈的，搞不清这算谦虚还是客气。

"这是罗倩的同学。罗倩的'克隆人'。"

"真是很像。"管飞仔细看看女孩，说。

坐了会儿，女孩去了洗手间。管飞看着女孩的背影，问："这女孩……？"

"真是罗倩同学，"我说，"我也才认识。"

"就是普通朋友？她喜欢文学吗？"

"好像一窍不通。"

"那她，你们……？"管飞疑惑地看我，好像我除了文学别的都不关心似的。

"就是想出来一起聊聊，她可能最近有些烦闷吧，有些烦闷。"

"噢，"管飞点点头，"烦闷好，我也烦闷。"

女孩回来后，我对管飞说："讲个笑话吧。"

在此之前，听我们谈话那女孩似乎插不上嘴，有些无聊。她不停地看表，偷偷地看，手腕翻起来，眼睑低下去。

我知道尽管现在看起来那女孩显得忧愁，心事重重，但她一笑起来，就会又像个孩子。

管飞不愧是常在外面跑的人，果然，他的笑话把那女孩逗乐了。

她一边笑，一边说："这算是什么笑话啊。"

她的笑容真的很灿烂，很纯真，是那种属于十几岁的无知无邪的孩子的笑容。

然后管飞就打开了话匣子，他谈起了文学与大众的关系，谈起了电影，谈起了香港人梦想的四十岁就退休的问题，谈起了爱情，还有人生。谈得很好，我觉得。确实很好。想想，管飞也一直是个嗜书如命的人呢，尽管后来一直在为钱奋斗，但这些年，武功倒是没废。

管飞对女孩道："我们那时候应该算是垮掉的一代，愤怒青年，现在你们我称之为冷漠的一代。你们这岁数人好像什么都不关心，连自己都不关心。"

女孩凝眉倾听。

管飞道："关心自己是指关心自己的心灵，关心自己的人生和理想，不是指生活。我想许多人在二十岁左右会想一想人生，然后就不再想了，似乎他们也认为不需要再想了。"

女孩说："人生是指什么？"

管飞道："比如为什么活着，未来的打算这些吧。"

女孩问："你说人为什么活着？"

管飞道："很多人都没想过自己为什么活着，他们只是迫于一些现实问题，比如房子、工资，而挣扎着。许多人都是在这最底层的问题上消耗了一生。你想这样吗？"

女孩想想，问："不想又怎么办？"

是啊，不想又怎么办？

最后，管飞和女孩得出一致结论：在为了最底层的问题挣扎中，我们活着的意义就是尽可能地追求快乐。

那个夏天真是凉风习习。活着的意义是追求快乐，仅此而已。我一直没想明白的问题就这样让他们说破了。当时，我以为我明白了，不过，第二天，我就又糊涂了，因为没人再讨论了，我只好继续闷头去想。

24

后来时间晚了，大约后半夜两点多吧。管飞兴致不减，说："要不去我那儿吧，酒吧让他们关了，伙计得在这儿睡觉，不方便。"

那女孩似乎没意见，我对她说："你一晚上不回宿舍，男朋友知道了不会说你吧？"

女孩打了下磕巴，说："他不在，出差了。"脸似乎微微有些泛红。

果然是个小孩，一诈竟然全招了。

夜风中，谁在吟唱"顺其自然"？

坐在出租车里，管飞拿出电话，说："咱们把罗倩也叫来吧。"

打完电话，管飞立刻像泄了气的皮球（只能这样形容），对我们说："唉，她又去天津了。"

我和那女孩相视一笑，没说话。

管飞回过头，说："真想给许梅打个电话。"

"打啊。"我说。

管飞摇摇头，不再说话了。

可能是罗倩或者许梅来不了的关系，管飞兴致锐减，三人喝酒猜拳，没一会儿，管飞自称熬不住了，到另一间屋里独自睡了。

管飞指指我们待的屋，说："你们要困了，一个睡床，一个睡沙发吧。"

屋里只剩我们两个人了。待了一会儿，女孩看看床说："我也困了，想睡觉。"

"去睡吧。"我说。

"你不要动我好吗？"女孩说。

"没问题。"

"睡不着，和我说说话吧。"

"好啊，今天怎么这么好兴致，连家都不想回了？"

女孩伸个懒腰，笑道："只怕以后没机会出来疯了。"

"个人问题解决了？"

"不想说。"

"想来就是你们单位那胖子吧？"

"只觉得对他从前女朋友不好，这么一来。"女孩说。

"管得了别人？反正总得有一个人伤心。"我安慰她。

女孩说："我不想这么早结婚，固定下来，可我又很想要个孩子。"

我笑了。

女孩和衣侧躺，手撑着头，看着我："问你，你第一次做爱什么时候？"

"忘了。你呢？"

"二十二。"

"那就是刚刚啊？"我冲她笑着摇头。

"是啊。哎，你第一次的时候什么感觉？"

"更是忘得早了。你呢？"

"就是觉得疼，但也没特别疼。当时很匆忙，裙子还穿着，起来后，整理的时候，才看到白色裙子后面染红了一大片。看见血，吓得我腿都软了。"

"裙子呢？"

"洗了。"

"好洗吗？"

"因为当时就洗了，所以洗得很干净。"

"为什么不留着？"

"可那件裙子我还要穿呢。"

我点点头，表示理解。

女孩又问："你平常除了写东西，还喜欢什么？"

"说过了，听音乐，流行音乐。"

"对了，是说过，和我一样。"

女孩渐渐睡着了。我坐在沙发上，看她睡得竟然很安详，一点不像在别人的家里。没过多久，天就亮了。管飞醒后有事要出门，问我是否叫醒她。我叫了两次，但女孩睡得迷迷糊糊，竟然根本叫不醒。

“再睡一会儿，我喝酒喝得头痛死了。”女孩说。

于是管飞写了张纸条留在女孩枕边：“走的时候给我带上门。”然后我们下楼叫了辆出租车，管飞送我回家，然后忙他自己的事去了。

25

我不知道那个女孩后来有没有给管飞带好门。后来，我一直没有再见她。很多次，我闲暇的时候，想给她打个电话，但都忍住了。她也没有再给我打过电话。罗倩来找我时，不提这事，我也不主动问。

那年年底，在我几乎已经快把那个女孩忘记的时候，却收到了她寄来的一张圣诞卡，上面写着：

> 超理想主义者，新年快乐！
>
> 又：谢谢你曾在我最不快乐的日子里陪我。

接到贺卡后，我曾往那个女孩工作的公司打过一个电话，想问候一下，但接电话的同事说她早已经不在那家公司做事了。

然后我给罗倩打了电话，罗倩告诉我，她已经辞职三个月了，现在正在读书，想考 GMAT 呢。“人倒是还在北京，想要她的新号吗？”

“不用了，”我说，“你代我问候一下她即可。”

“没有问题。不过，我跟她也不是常联系的，一考试，都是忙得没时间。如果碰到她我一定把你的问候带到，说你还在惦记着她呢。”

我哈哈一笑。

夏天过去了，你会发现秋天不知怎么也跟着溜了过去，然后是窗外寒风呼啸的冬天。有时候会下一两场雪。雪花飞舞时你会想起小时候曾经打过的雪仗，想起这些的时候也许你正在雪地里赶路，你想快点走，赶时间，可又走不快，干着急。冬天过去后，刮两场风，又将是一个夏天。

每一个夏天过去后，我总是盼望着另一个夏天的到来。

过目难忘，那个在三十九岁时醉酒而死的诗人狄兰·托马斯的一句诗：“我看见夏天的男孩在毁灭……”

26

大约一年以后，当所有闲适的日子终于落幕以后，有一天，我在连续写了大约八个小时以后，打开收音机，收听音乐台在下午五点半钟的一个听众点播的音乐节目。我躺在长沙发上，窗外的夕阳照进室内，我一边抽烟一边喝咖啡，其中有首歌非常打动我。美妙的旋律消失以后，我想了想，忍不住笑了。

“多美好的生活啊。”

“是啊，美好的生活。”记忆中那个女孩在电话那头说。记忆中的夏天，永远的一天，那个女孩刚刚洗完澡，赤裸着身子接起了我的电话。我们对着话筒聊天，借以消磨一段奥热漫长的夏日时光，一直从下午聊到夜色降临。

从此以后，我到哪里去找那个瘦瘦小小的像只狐狸一样的女孩，那个眼睛很大，但却是六百度近视、牙齿不齐到了令人过目难忘程度的女孩，那个脸上有着让我感觉是世界上最纯美的笑容的女孩？

27

……不求天长地久，只求乐斯达啤酒……乐斯达啤酒，一杯在手，曾经拥有……来一杯雀巢咖啡怎么样？……雀巢咖啡香浓美味，伴您度过一段美妙时光……美酒加咖啡音乐时间……

……好，广告过去了，现在让我们重新回到美妙的音乐点播节目中来。我是主持人李彤。下面点播歌曲的是一位叫、叫，签名太草，张什么的先生，他在信中写道，他和他新婚的妻子都是外地人，都是从学校毕业后来到北京的。张先生来自南方，而他妻子则是西安人，少小离家，在天津读书，又只身在北京工作。这位姓张的朋友在信中说，是北京这座城市使他们有机会相识相恋，直到结合……真是千里姻缘一线牵啊。目前，他的妻子要动身去美国的加利福尼亚大学上学了，所以张先生想点一首歌送给他的妻子。张先生在信中还为他年轻的妻子写下了这样几句话：在大洋彼岸，一个人，没有了我的照顾，自己要多当心身体。空闲的时候，想一想我们过去在一起的好日子，无论如何我会永远为你等候……真是一往情深啊。好啦，下面我们就为这对幸福伴侣播放罗大佑的《告别年代》，不知张先生张太太有没有坐在我们的收音机前？我想对你们说的是，告别是短暂的，而短暂的离别正是为了永远的相聚，你们说是吗？好啦，《告别年代》，罗大佑——呃，sorry，我们的音乐编辑没能找到罗大佑版的，好吧，凤飞飞……

《告别年代》

谁又在午夜的远处里想念着你
午夜的远处的梦里相偎依
仰望着蓝色的天边的回忆
羽化成无奈的离愁的点滴

每一次手牵着手像在守护着你
守候着今生的潇洒和忧郁
每一次凝视的眼神的凝聚
好像你无声的临别的迟疑

道一声别离忍不住想要轻轻地抱一抱你
从今后姑娘我将在梦里早晚也想一想你
告别的年代，分开的理由，终不须诉说出口
亲爱的让我再看你一眼请你也点一点头

红色的蓝色的白色的无色的你
阳光里闪耀的色彩真美丽
有声的无声的脸孔的转移
是否在期待未知的重逢的奇迹……

“道一声别离忍不住想要轻轻抱一抱你”，多么美妙的歌声啊！好，这次听众点播的音乐时间就到这里结束了，我是主持人李彤，我和本次音乐编辑小龙女，助播雪梅，衷心希望大家刚刚度过了一段愉快的时光。各位朋友，再见……

我的红白两朵玫瑰

我从来不向那些美貌女孩诉说心中的留恋。因为我知道，时光不会因为我的留恋而为我们稍稍停留片刻。

说实话，那年夏天的女孩，仔细想想，我都不知道她到底哪里吸引了我。我只知道，以后，我注定要充满深情地去回忆她，回忆和她在一起时的每片温暖。回忆那些细腻的如丝一般光滑的时光。和她在一起，阳光是温暖的，音乐是温暖的，那些轻言细语是温暖的，她的名字也同样是温暖的。

她说，你的笑容很美，像女孩子。她说，我喜欢你的笑容，笑起来，你的眼神纯净。

夏天，我们在傍晚相约散步。她告诉了我她几乎所有的故事和心事。同时，我也向她讲述了我生命历程中的每一次恋爱，每一次的希望和失望，每一次的喜悦和伤痛。

有一天，女孩对我说："我们所拥有的都只有过程，没有归宿。"

现在，我不知道该如何计算我迄今为止这似乎永无归宿的过程应该从哪里算是开始，我想，也许应该从徐静说起。徐静，那个我生命中初次相遇的女孩。

我二十七岁时认识的那个女孩在许多地方和徐静是相像的，在那年夏天，我和那个女孩手牵手地漫步时，我常常会这样想，如果我牵着的人是十年前的那个名叫徐静的女孩该多好啊。

如果世上真有时光机器，我愿意重回十年前，一切可以重新修改，变成完全不一样的一个崭新的今天。可现在，我却只能依靠回忆，什么都无法改变……

某天，女孩对我说："所有的初恋都注定是要分手的，离开以后，才会觉得一切原来那么美好。"

我同意这句话，所有的人都曾经这么说过。想来，他们也都曾经那样去经历过。

事实上，我对过去的怀念不仅仅停留在我和徐静的那段感情上，有很长一段时间，我是那么怀念过去的友情，过去常常流连过的护城河边的风景，过去曾经为之暗暗心动的女孩。像所有成长过程中的男孩一样，我最初的恋爱是一场单相思。

离开中学校园以后，我突然间意识到自己长大了，面对接踵而来的各种麻烦和问题，我一度茫然失措，不知道该给那段生活以怎样的解释。

我的回忆在面对后来的那段生活时总是变得凌乱不堪，再也没有了从前的单纯和清晰。

该从哪儿说起呢？十年后的今天，这个问题仍然让我困惑……

记忆中，从前，在激情过后的最柔情蜜意的时刻，有个女孩对我说："你的爱是我生命中的光，如果有一天我失去了你，就会陷入茫茫的黑夜。"

她一字一顿地念，像在吟咏着抒情的诗句。那时候，我们依偎在一起。寂静中，德彪西的音乐，若有若无。

我问她："哪看来的？这句话。"

女孩说："我想出来的，我一直想告诉你。"

于是我紧紧抱住了她，很长时间不愿意把手放开。

这是我十七岁时的故事。有时遗忘，有时想起，想起时犹如旧事上积满了尘土，猛拍一掌，尘雾四起，刺得双目泪流。

那么个年纪，正是黑暗青春的最煎熬的时刻。每天被排山倒海的青春期情欲冲动所煎熬。对我来说，十七岁那年的夏天，是我个人的成人仪式。回忆中，空气中漂浮着暧昧爱情的怪味道，那种暧昧的怪味道，让我沉浸其中，把现实的秩序忘在了一边；又让我心生某种恐惧，不由得本能地想去抗拒。那是一种告别少年的，进入成年的感觉。那是大人要做的事。终于可以去做大人们才会去做的事情了。

迷恋，是内心深处暗暗的迷恋。无法适应的抗拒感，则使那些爱情变成了若有若无的爱情，变成了质量不够达标的爱情。那场最初的恋爱，像是一次射精的体验，等待、积蓄了很长时间，好不容易等到了，才发现那种感觉稍纵即逝，短得来不及反应。

那个名叫陶薇的女孩，在这段回忆中，叫徐静。犹如同一个人的两张面孔。

刀锋少年

渴望阳光和爱，得到的却是浑浊的水。

1

上午课间操后，我收到一封莫名其妙的信。信是同学从楼下传达室带回的。当时，我对那封充满诱惑的“撒旦诗篇”的危险性毫无预感，就那么随便地接受并拆阅了它。直到今天，我才明白那其实是一把钥匙，开启了我以后的病态人生之门。

很多年过去了，我还清晰地记得那白色信封的封口处贴着一张香港女明星的不干胶画片。里面装的那张粉红色的情人卡很漂亮，几束玫瑰花插在一只让人想入非非的高跟鞋里。内容却让人摸不到头脑：丁天，还记得我是谁吗？好好想一想！

落款署名刘倩。字迹很秀气，看来是女孩。尽管这名字已经俗到在马路上一喊就会有人回头，可是在我当时的生活中却没有这么一号。

那一年我十七岁，上高中二年级，除了学校里几个要好的哥们儿，我的生活基本是一片空白，除了“两点一线”根本不会有什么浪漫奇遇可言，这个发现让当时的我心里有点不是滋味。我的生活圈子竟是那么狭小，小得让我在记忆中找不到一个那么普普通通平平淡淡的名字。

对这件没头没脑的事，我虽然略微感到有些束手无策，但也没太往心里去。后来我把那张情人卡拿给哥们儿看，让他们帮我猜猜是怎么回事。

刘军说：“十有八九是咱们学校那帮初中小女孩写的，那帮小孩倍儿疯。我们班那个王敏，哎？你怎么不认识呀？短头发、高个儿，就是我们班最高的那个女孩，你肯定见过。有一回就是个初中小女孩愣把她给认成男的了，还给她写了封情书，说什么一眼就看上你了，我爱你之类的。”

“操！太邪了。”我说着想起黄力就有一个小朋友在初中，两人常如胶似漆地粘在一起，便转向黄力，“你不是有个小朋友在咱校初二吗？是不是帮我打听打听，这到底怎么个意思。起码搞清是男是女，同性恋我可惨了。”

“行，”黄力说，“有空我帮你问问。”

情况不久就被“刨根队长”黄力侦察得水落石出了。几天后的一个中午，我在学校吃完饭，正和班上一个女孩闲聊，黄力从他们班跑来找我。

“想知道是谁给你发的求爱信号吗？”黄力说。

“想。”我老老实实地回答。

“那就跟我走吧。”

“长得怎么样？”

“挺cei的。”

“操。”我叹息一声，停住了脚步。

“走啊。”黄力回头看着我。

“都知道是cei瓜了我还干吗去啊？要去你去吧。”

“那也比你单锛儿没有性生活好啊。”

“别操你大爷了，你怎么知道我没有？”

“难道你有？”

“没有。那也不能让cei瓜破处啊。”

我乖乖地跟着黄力到了护城河边，发现了他的初中小朋友高雯。女孩告诉我说刘倩就是她们班的：“早就注意你了，你想不想见见她？”

“不想，”我犹豫了一下说，“怎么是你们班的呀，是不是你们俩合伙害我？她长什么样？我平时见过吗？”

黄力和高雯含笑不语。

“这样吧，要是你非考虑她的自尊心不宜太过强硬的话，就告诉她说我已经有主了吧。”

“是吗？我怎么不知道，谁呀？”黄力笑着问我。

“没谁，不就是为了应付她嘛。这么说吧，说我根本没想过这种事，也不想这么做，弄不好就走俗了。让她好好学习，不要把自己耽误了，严格要求自己，团结同学尊敬师长，积极靠拢团组织什么的，别胡思乱想。”

“你怎么这么说话？真没劲。”女孩拉着黄力的胳膊，看着我。

“他这个人是比较没劲。”黄力笑嘻嘻地冲女孩说。

当时是春天，护城河边的景色显得很美，煦风吹得人醉了似的舒服。北京的春天其实很短，当你感觉到它存在时，它已经快要过去了。街上有些女孩已经穿上了裙子，引得人把注意力直放在她们已捂了多半年的白生生的腿上。我一直喜欢北京的这个季节，每当感到春天来临时，麻木的生命仿佛也要随之复苏。

显然黄力或高雯没把我那番掷地有声的大道理转告给刘倩。后来，有天放学，我出校门没走多远，一个女孩突然迎上来把我给拦住了。

“你是丁天吧？”她说。

我吓了一跳，看看并不认识她。离她不远处还站着几个和她同样年龄的小女生，一边朝这边瞅一边还在互相说笑。我顿时感到自己有点心跳加速，脸上有些发烫。

“我是刘倩，知道吧？”女孩大胆地瞪着我，有一种挑衅的姿态。

“不知道，从没听说过。”我故作思考状，旋即再次看她，长得很秀气，白净。她应该有多大，十四五？那真是个奇怪的年纪。

“有什么事以后再说吧，我还有事。”我冲她点点头，急欲逃走。她突然伸手拽住我。我霎时感到非常难堪。

“我说，我根本不认识你，咱们别这样，我可是很纯洁的。”我正色道，宛如被不正经的衙内无理纠缠的良家少妇。

“我可早就认识你了。你还记不记得去年那次秋游？”

她这句话给我提了醒。我想起了高一时的那次郊游。那时同学间刚开始熟悉，大家全兴高采烈的。有一个班的初一女生因为车少被塞进了我们那辆车里。一路上我们几个哥们儿为了摆脱无聊放开喉咙齐声歌唱，那时候比较流行的是《迟到》：“你到我身边，带着微笑，带来了我的烦恼……”还有《女朋友》：“我最讨厌装模作样虚伪的女孩……”后来变成了和那帮小女生的对唱。只记得那帮小女孩个个都挺疯，不认生。似乎黄力就是那时和高雯开始好起来的。整个郊游过程中我和黄力一直是形影不离，但他在我眼皮底下的小动作我一点未曾觉察。后来他第一次告诉我高雯的事时，我感到相当惊讶。

“我还是记不起来，”我说，“我得走了。”

“我还有事没跟你说呢。”

“你和我能有什么事？我又不认识你。”我说。

正在此时，我们班的语文老师救了我。那是个一天到晚唠唠叨叨的胖胖的老太太，走起路来浑身肉直颤。

“丁天！不赶快回家你在这儿干吗呢？！”老太太不转脸地斜了我一眼，一边说一边昂首挺胸颤着走了过去。

“你看，让我们老师看见了吧，麻烦了吧？”我扔下女孩，追上了已走出两丈开外仍不时回头环顾的老太太，晕头晕脑地向她解释了一气。老太太似乎并没往心里去，只是关照我多努力学习：“放学后早点回家，我是经常看见你，不是在楼道就是在校门口晃，这得浪费多少时间？”

事实证明那个一直对我很慈祥的胖老太太还是往心里去了。记得有一次上课，本来讲的是一篇鲁迅先生的杂文，老太太讲着讲着课不知怎么突然串了，从“匕首”、“投枪”说起了有些同学不认真学习净和初中一些小女生放学后瞎掺和：“我跟你们说，一个人要是不严格要求自己，任自己这么滑下去可是很危险的。”老太太的语气夹枪带棒颇有鲁迅先生杂文的风格，“当然正当友谊还是需要的，可你们这么大的孩子了和那么点的小女生混在一起，正常吗？你们能互相帮助互相促进什么呢？”

不知为什么班上同学都跟事先串通好了似的，先是小声叽叽喳喳，交头接耳，然后全回头看我。我低着脑袋，脸上有些发烧，心里却在暗自琢磨她是怎么把这话辙给转过来的，让我和鲁迅先生有机地结合了起来。到底在什么地方偷梁换柱了？

远离了那段年轻时光后，有一次和几个从前的哥们儿聊起来，黄力好奇地问我：“当时你干吗老不理刘倩呀？我看那女孩不错呀。”

我想想说：“当时我不是正在和另一个女孩恋爱呢嘛。”

黄力说：“林雪呀？你不是追半天没追上吗？”

“不是她，”我说，“是咱们年级文科快班一个叫徐静的女同学。”

“噢，她呀！”黄力恍然道，“我说呢，好像从前徐静和林雪是特好的一对好朋友，衣服都常常换着穿，后来怎么谁都不理谁了呢？你也真可以，你和她？超级秘恋呀。告诉我让我学学，怎么弄得那么隐秘，回头我也好骗我老婆去。”

2

现在，我看到那个年轻的自己一边吹着口哨一边沿着护城河边的二环路骑车，快到护城河的水闸时远远看见一个女孩背向我站在那里凭栏望着河水。我下了车，走上前说：“嘿！你怎么在这儿？”

女孩转过身，故作冷漠地看着我：“你来干吗？”

“你不是在等我吗？”我说。

“谁等你了？我自个儿在这里待着散心呢。”女孩噎我一句，用手捋了捋头发，然后她笑了，显得甜蜜而满足。

那个从流转的时光中转过身来的女孩就是徐静。徐静其实才是我记忆中的女主人公。她穿着蓝色的牛仔裤，白色T恤，梳着长长的马尾辫，形单影只地站在河边看着河水，神情略显落寞。每当回忆起往事时，女孩常常以这样一种形象出现在我的脑海中。

女孩家住在护城河边一条胡同里。她父母好像都是科技工作者，她爸是工程师，援外去了，她妈在中关村电子一条街上班，属于很辛勤很刻苦很让人肃然起敬的那类人，每天早出晚归，因为路远中午也不回来。由于她家自己住小四合院，独门独户，我想平时家里就她一个人时大概也挺没劲。女孩讲过一次她家没人时就进来过小偷，乱翻一通，结果白忙了一阵子，只偷了点粮票和一块不走字的表匆匆跑掉了。

“知道我们家的钱和存折都放哪儿了吗？”徐静好像小偷进的是别人家一样高兴，我还记得那时她脸上的表情，当时是我们一起骑车放学，“搁在冰箱里了。”她得意地说。

“那我到你家后的头一件事就是开冰箱。”我说。

其实在我接到那张情人卡前，我和徐静仅仅是一般意义上的朋友，放学常常一起聊聊天，有时候在河边，有时候在她家里。我在接到那张情人卡后第一个就拿给了徐静看。对，我是先拿给徐静看的，而不是先给我那帮哥们儿看的。我一直不愿承认这点，是怕你们会认为我是个重色轻友的人。

徐静问我是否想见那女孩，对这事感兴趣吗，又问我是否真的不认识写情人卡的女孩，“不认识人家怎么给你寄情人卡？”

我说：“我还以为是你开玩笑，化名给我写的呢，既然不干你事就算了。”

“当然不是我，我有病啊。”徐静抗议完，沉默了会儿，又说，

“我并不想打听你的私事，只是觉得咱们是好朋友，所以应该问问。咱们算不算好朋友？”

我考虑了考虑，说这是当然，她是我最能谈得来的好朋友。

然后，她和我彼此沉默了一段时间。我们并排趴在铁栏杆上看着流动的河水。徐静噘着嘴沉着脸低着头看河水的样子很好玩，阳光在她那张平静的脸上晃动，她两眼中仿佛含有无限忧愁的样子。

后来，我碰碰她的胳膊，小声说：“哎，你今天情绪好像很反常，是不是来月经了？”

“呀，你怎么什么都懂?！”她跳将起来抬手打我，“真流氓，讨厌死了。”

女孩把脸转向一边，说：“我生气了。”不再理我。

我从兜里掏出烟，点上，吐了口烟说：“瞧你那心事重重的样子，是不是爱上什么人了？”

女孩转过头，两只眼睛无辜地看着我，然后抿嘴一笑，说：“我心事重重吗？告诉你，我还确实是爱，不不，只能说是喜欢上了一个男孩。没想到吧？我觉得他挺不一般的，总是不大合群，老显得心事重重。开始我觉得他特复杂古怪，了解之后才知道他人挺单纯的。我觉得他特了解我，偶尔蹦出一句话把我感动得要流泪，我为他写了整整一本日记，我甚至想把他的每一句话，每一种表情，每一件发生的事都给记录下来……可后来想想挺没意思的，有天晚上我又偷偷把日记都给烧了，把灰也让风给吹走了。我想彻底忘掉他，让他只留在回忆中……”

我说：“干吗烧了，把日记给他看呀。”

“我不敢，怕他不会接受我，他是那种天真骄傲从不会主动接近别人的人。”

“你又没试过怎么知道别人不会接受你？那人是谁？”

“你不懂，别问了。”

“我猜猜他是谁吧？”见女孩不搭话，我想了想，笑了，说，“把手伸给我，我写在你手心上。”

我拽过女孩的手，在她手心写了个人名。

她看完，抬头冲我乐，摇摇头说：“猜错了。”

我又拽过她另一只手。不知她是不是被我弄痒了，怔一下后便咯咯地笑起来，使劲摇晃着脑袋：“真没见过你这样的人，写你自己干吗？”

“我想万一呢？”我尽力掩饰着自己的不安，“关键是我写自己的名字笔画比较熟。不会是我吧？”

女孩迎着太阳眯起眼，笑了笑，然后开始摇头。

“星期天我妈加班，你来吗？”分手的时候，徐静小声对我说。

“……”

“聊聊天儿嘛，反正闲着。”她低下头，一绺头发遮住了她的眼睛。

“好吧。”我说。

3

女孩趴在桌上不说话，两手托腮，样子很苦恼。沉默的气氛像阴天时沉闷的空气压得我有些不知所措。我走近她，不知该说些什么。靠近她的刹那间，我头脑突然一片空白。大约是小屋里特殊的气息和女孩身上散发出的体香味让我产生了自失感。人有时候左右不了自己，只能被一种无形的力量驾驭。我像个受审的囚徒，消极地等待着判决。

我拉过她，吻了她。我不知道时间是怎么过去的，仿佛在王府井商业区最繁华的地段逛街，被一大群面孔陌生的人拥着朝前走。那条路我仿佛走了整整一万年，不知道自己要去向何方。我知道我的所作所为会把我和她引向不可预知，但却没能抗拒它。我的手一直在颤抖，我无法形容出那一刻初吻的感受，也许类似于出生前的状态，我只知道自己从来没经历过。我们像一对真正的情人那样紧拥在一起。我记不清我们之间都说了什么甜言蜜语，给我记忆中真正打下烙印的除了舌尖相触的感觉由温柔走向麻木，就是我自始至终的战栗和心跳。女孩告诉我说她都听到了我的心跳声，我告诉她我也听到了。事实上我确实是感觉到了，但不是一颗而是两颗。

我在事后回忆，那过程其实很痛苦。我就像一个欧洲中世纪清教徒般内心怀着一种极强烈的犯罪感。我在内心反复跟自己说："是不是什么也没发生？""不能这样！不能这样！"可我说服不了自己。我像在经历一场完全处于被动的大辩论，语无伦次，不知所云。表面的冲动下，内心种种矛盾在激战。一败涂地。我仿佛久居黑暗中的人，被一束突如其来的亮光晃得双目无法睁开，脑袋里纷乱如麻。

许久许久，女孩站起来，走到梳妆镜前整理她凌乱的头发，她扭头看我："别告诉别人。"

我从桌上拿过摆放的镜框，里面的照片是在天安门广场前照的，背景是天安门城楼。估计是她上小学照的，小姑娘尚未长开，手指前方作充满希望状，动作夸张。她背后那个高高在上的老人慈祥地看着他的革命后代。

她把头发梳得整整齐齐，焕然一新地走过来，把镜框夺过去，翻扣在桌面上。

"刚才跟你说话你听见了吗？"

"说什么呀？"我从照片上回过神来，问她。

"我说我们之间的事不要告诉别人。"她在我旁边坐下，把手搭在我肩上。

"为什么？"我明知故问。

"我不愿让别人知道。反正不许你说。"

"我当然不说。哎，你真的写过那本日记？"

"嗯，"她说，"不过我没真烧，我给你找出来看好不好？"

我们坐在一起，翻看着她藏宝贝似的藏在上锁的抽屉最下层角落中的日记本，往事如行云流水般穿梭在她秀气的字里行间。幸福的感觉浸过心底。一起面对倒流的时光唏歔感叹一番后，徐静对我说："开始认识你的时候，觉得你有种曾经沧海的味道。"

"是吗？那现在呢？"

"现在没了，就是一小孩儿。""小孩儿"她竟还用了升调。

"我不想掩饰我自己。"我找辙说。

4

几年前，我曾经在一篇叫《数学课》的小说中无意写下过这样一句话："唉，十六七岁，那真是一个走路都挺着鸡巴的朝气蓬勃的纯真年代。"事实上，十六七岁并不是一个特别美好的年代，至少我的十六七岁一点也不美好。那个年纪总是给我一种不堪回首、恍然如梦的空虚感。我是多么希望能彻底忘掉那些事啊，那些青春期的压抑和狂躁，那些无知的反抗和莫名其妙的感伤。不过，有些事人大约总也忘不掉，如同影子，只会被拉长或缩短。

我十七岁时讨厌许多事情，比如说，我讨厌上课，我讨厌成年男人，我讨厌别人盯着我看，我讨厌别人对我发号施令，我讨厌坐公共汽车，我讨厌一尘不染……我讨厌的东西实在太多了，至于为什么，现在我已经说不清楚原因了。由此看来那时候的我肯定也是个招别人讨厌的孩子。

在我诸多讨厌的事物中，有一个让我比较讨厌的东西是我们的班主任王克坚。有一天，我不经意翻出上学时写的一些东西，竟在日记本中发现了那时我给王克坚用文字勾勒的一幅漫画像。看完后，我忍不住哈哈大笑起来，我觉得我十七岁时候的文笔似乎要比现在好。那个东西是这样写的：

老王，男，年介不惑与知天命之间，永远剃个标志着他老婆手艺的头型，像刚出土的头上顶着参差不齐的缨子的萝卜，穿着肥里咣当的裤子，走起路来一拐一拐地像个吃萝卜的兔子，不过他比兔子奸诈。平时一脸威严，成天拉着个生屎橛子似的黑脸，像刚死了亲爹，给人很阴险的感觉。尤其是一天到晚那个脑袋总不高不低地耷拉着，像不能勃起的阴茎。不知为什么，他一上课，即使天空晴朗得像从前的解放区我也感觉仿佛要下雨。有事就冲你龇牙，嘿嘿坏笑。他还喜欢在做操时观察女生的突出部位，因此我们管他叫“黄主任”。

老王对我们可算鞠躬尽瘁，常常课余还单独给同学辅导，括弧主要是女生，括弧完，然后是点点点。上课的时候，他的风纪扣总是系得一丝不苟、整整齐齐，文明扣却常常忘了系，就那么坦然地在讲台上灌输知识，同学们见怪不怪，视若无睹。有时我真想问问他，不知道他是否会感到下面有点凉？

有人说我们老师傻，傻得没法练了；有人说我们老师精，心较比干多一窍。老王说得好：“我愿意做这样一个革命的傻子。”

5

现在，老王来了。那天是英语课，上了没一会儿，王克坚探头探脑地推门进来，冲正讲课的老师点点头：“我得叫走俩同学。”

没等老王喊人名，班上外号“大个儿”的孩子主动站起来，晃着肩往外走。我也乖乖地站起来跟在他后头。我们一前一后垂头丧气地跟在昂首阔步的老王后面，像是两个没吃饱饭的解差押送武松。

此前，班上的两个同学刚刚打了一场架。事情发生得十分突然，过程迅速得让我事后想来都觉得不真实。我记得当“大个儿”挥拳到了我面前时，我抄起了那把已经握了很久的椅子，说时迟，那时快，手一阵发麻，椅子被震落在地。椅子落地同时，我飞扑上去拳头击在了对方脸上。“大个儿”像个醉鬼般摇晃了一下扑在一张课桌上，桌上的书本溅上了鼻血。我因用力过猛而被震得往后趔趄了好几下，身后的一张课桌被震倒，发出一声刺耳的闷响，书本、文具盒及各种笔撒了一地。

到了年级办公室门口，老王转过头来对我说："我先跟他谈，你先在门口等会儿。"他们进去后，我到走廊尽头的窗口站着看下面的操场，因为不时从各科办公室出来的老师都要用那种严肃而充满疑问的眼光瞟上我一眼，像想咬你而又不敢上前的狗叫人非常难受。操场上有些低年级学生在上体育课，男孩正生龙活虎地踢足球，热火朝天的劲儿叫我很神往，也想下去踢上两脚。带球、过人、配合、射门……一个孩子得分后模仿着球星欢呼的动作，像只自由的鸟，张开双臂在奔跑……

我听到老王在叫我的名字，便从窗外的景色中回过神，看到"大个儿"正耷拉着脑袋往外走。老王站在办公室门口，作倚栏望归的古典少妇状，一手扶门框另一只手冲我招了两招。

"到底怎么回事？讲讲吧。"进了办公室，老王拉了把椅子让我坐下。屋里还有个女老师在批改作业，抬头看了我一眼马上又低下头继续工作。这让我想起不知哪部千篇一律的破案电影，老王像个侦察科长，我像罪犯，那个女教师则是个口供记录员。

"他不都讲过了吗？我就免了吧。"我说。现在我重新看到我年轻时的无知和狂妄。

"他讲的是他讲的，我现在要听听你讲的。我不能偏听偏信……"老王神色严峻。

"嗯……他找茬儿，就打起来了，我打了他一拳，完了。"

"我要你讲情况，来龙去脉，怎么回事。一拳？一拳怎么把人家的眼眶打肿了，鼻子也打破了？你还跟我不老实？！"

“那我哪儿知道？谁知道他脸怎么长的？”我故作无所谓地耸耸肩。

“你！？”他被我的态度激怒，猛地站了起来。

我翻翻眼皮看看他，想了想，说：“是这么回事，他拦着一个女生不让她进我们班，我看不惯，就打起来了。”

“是吗？这我得核实核实去。那个女生叫什么？你认识吗？”

“高一时是我们班的。”

“她叫什么名字？”

“陈扬。”我想了想说。

老王点点头，一声不吭地拉开办公室门走了出去。

我从办公桌上抄起一只有水的茶杯喝了口，感到自己的情绪极不稳定。心里告诫自己不能急，得忍，盘算着怎么才能把事和颜悦色地跟他讲清楚。

“我打听了，”大约十分钟后，王克坚推门进来，换了副嘴脸，比刚才更显怒气冲冲，“人家那个女生说根本没有这么回事。”

血呼地一下子全涌上了我的脑袋，一圈圈发大。她怎么能……我突然想到也许女孩平素跟“大个儿”关系不错，也许她只把一切当成了玩笑，而我却傻乎乎地自认为是见义勇为。我觉得自己有些傻逼了，心里堵得厉害。

“现在，你告诉我你为什么不说实话？你知道我平生最恨的品质是什么吗？就是不诚实！”

“我……”我真是个大傻子。

"操……"我说。事实上我也不想作什么解释了，随它去吧。

"你说什么？"王克坚气急败坏，"你太傲慢了！你给我站起来！我忍半天了，忍无可忍！老师的忍耐也是有限度的！"

我坐着不动，眼睛故作平静、坦然地看着他。四目相对。

"你站起来！"他又喊了一句。

"老师让你站起来就站起来吧。"旁边的女老师这时搭了句腔，像个街上看热闹帮闲的好事者。语气平和。

我站起来，转身往外走。

"站住！"他喝住我，"回去跟人家道个歉认个错，听见没有？"

"凭什么？"我眯起眼，想像着一拳打在他脸上，将会是什么样子。

"不为什么，就凭你是个团员他不是。"他使出最后一招"杀手锏"，"别说你有错，就是没错也应该和他主动合好，起模范带头作用。"

我冲他摇头，耷拉下眼皮摔门而去。

当天下午，放学后，老王阴着脸让全体团员留下开团会。老王在团会上讲起了我上午在他办公室的表现。"像这样的同学……"他说，嘴唇翻起来像被火烫了一样。我年轻时脑袋容易发胀，每当我听到这种话时都克制不住内心的烈火。我拍桌子也站了起来："我怎么了？"我冲他嚷嚷，眼睛恶狠狠地盯着他。

"你说你怎么了？干什么，你还想跟我打？你出去叫人去，出去！我见多了，还制不伏你？‘文革’那会儿还没你呢！同学们你们看看他是什么态度，上午他在我办公室就这样，不是我瞎说吧，你们都看见了，他哪一点还像团员？这件事我得严肃处理，散会。”老王气冲冲地甩手走了。

同学们有些莫名其妙，愣了一阵，明白过来没自己的事，纷纷站起来，低头收拾书包，鱼贯而出，安静得像集体葬礼。

我看到年轻的自己像只被套住脖子的野兽站着发呆。事情似乎被我闹大了。我为我年轻时候的所作所为感到羞愧。实在太过分了。现在想想，我完全可以投入地扮演受罚学生该扮演的角色，羞愧、紧张、不安，低头认错。从小到大我们受到的无理批评还少吗？多少年过去后其实只不过是个笑话而已。人不会总囿于一件琐事，总是会跳出来的，就如同伤口早晚会愈合。曾经越投入地去做的事，跳出来后再看不是越可笑吗？既然我是学生，我就该认真扮演自己被规范的角色。

我沿护城河边骑车，快到路口时，看见黄力和刘军身子倚在支着的自行车上等我。我停下车，用脚支地看他们，他们也看我，然后不约而同都乐了。

“等你半天了，下车坐会儿。”

我们坐在马路牙子上，一人叼了支烟。黄力告诉我高雯班的老师对班上“不对劲的苗头”有所察觉，光他和高雯在一起时就让老师撞上好几回，“据说她们老师特厉害，一放学我就吓跑了，见了高雯也没敢搭理”。我也一五一十讲了今天发生的麻烦。

“你平常说话也是一套一套的，”黄力听完训我，“怎么一到老师那儿就犯笨呀？怎么能和他那么说话，当他是你一个傻弟弟，哄他一乐完了，较什么真。”

“有什么呀？太正常了，我要到那份上也早打了，”刘军向着我说，“搁谁都得打，我也早想打你们班那帮傻逼了，一见丫在楼道里晃，我就想抽丫的。甭怕，没事。”

“我才不怕呢，”我笑着说，“小菜，大不了不上这学了。”

后来我还是主动给老王写了份检查，又被他约去长谈了一次。我态度十分诚恳地作自我批评，虽然我讨厌作自我批评。在班上念了检讨，老王满意地收起了我的检讨，说还要以观后效。我点头表示痛改自己身上的不良习气。

“你们俩这回这事要报上去非一人一个处分不可，我就不往上报了。”谈话结束前，老王又加了句，“但学校有规定，打架抄了椅子得罚款，这算是损坏公物。”

“我知道，罚多少？”我尽量装得通情达理。

“本来嘛，得十五。十块吧，你回家跟你父母说一下吧。”

“不用了，”我说，“我现在就赶快给您吧。”

我记得他把钱接过去，突然神秘兮兮地把脸凑得很近，冲我一笑说：“要不要我再给你开张收据单？”他的脸离我如此之近，以至于我可以清楚地看到他粗糙脸上每一个最细小的汗毛孔里的黑斑以及阡陌纵横如恢恢天网的皱纹纹路。我像一个磁铁被另一个同极的磁铁所撞一样，尽管隔着一小段距离，我仍感到头被往外冲击了一下。

“不用了，”我笑笑说，“反正也没人给我报销。”

我十七岁的时候讨厌成年男人，主要是反感他们的面孔，从那里我常常能读出我不愿去面对的某些东西，那四十多年时间锤炼的结晶深深隐藏在那脸的每一道皱纹中间。在那些成年人的面孔前，我十七岁时无因的反抗总是以失败告终。

6

十年前我上学的时候，学校对男孩和女孩间的传闻与骚动管得还是比较严的。班上常有些比较疯的女孩被老师揪去促膝密谈、教育。那些大胆的试图追求个人自由的孩子们为他们的所作所为付出的代价往往是受到更加严密的注视，从而失去原本还有一点的快乐和自由。在这种情况下，我们年轻时和异性的接触最终都成了非常典型的青春期无疾而终的完全谈不上恋情的恋情。

再说刘倩。女孩长相文静但却性格固执，我觉得她对我的进攻胆大得近乎鲁莽，现在想想，其实她应该是个不错的女孩子。可当时一是因为有徐静，二是老师对我盯得比较紧，所以我一直对她采取闪躲政策。有时候她会在课间时跑到我们班门口喊我，有时候找她的小姐妹给我递纸条，上面写的全是些没头没脑的话，什么“你的名字真好听，可就是不好写，无论我怎样用心写都写不好。”“你的爱好是什么？”“你是不是抽烟啊？以后我给你买，你爱抽什么牌的？”“有一回我找人算命，说咱俩挺有缘的。”

我从没有给她回过条。那段时间，放学后我就早早回家。有时候她在校门口堵我，我就悄悄地从后门溜走，溜了几次，她在后门也安插上了人，小特务们逼得我差点要跳墙。别人听说我让初中的小丫头片子给追得满街跑，都拿我开心。

刘军说：“你要是不愿意就跟她说明白了，别老抻着人家成吗？”

“我已经和她说得太明白了，可她还是给我来个秋后的蚊子——紧盯。累，真累。”

“得便宜卖乖，我可都看见你了……”黄力冲我坏笑。

黄力指着是我和刘倩唯一一次算得上约会的事。在我们整个关系中，也就那么一次能和恋爱这回事沾上点儿边。那是一天中午，我在学校吃完饭和黄力一起说说笑笑下楼去水房刷碗，突然觉得不对劲。我猛然转回头，说：“你跟着我们干吗？”

刘倩站住，什么话也不说，塞给我一张折叠的纸条，扭头径自走开了。我没说话也没拒绝，装上纸条若无其事地刷碗。黄力问我有什么事，我便把纸条给他看，纸条上写了几行字，约我放学后到青年湖公园见面，有“特重要的事”和我说。

“你们之间到底怎么样了？”黄力把纸条塞还给我，问。

“什么事也没有。”我说。

7

我坐在青年湖边的长椅上等她。残阳如血，夕照洒在湖面上，金光闪闪。我是放学后和黄力一起来的。黄力和高雯陪我待了会儿就“知趣”地走了。当我等得不耐烦时，抬头看见女孩从湖心岛的桥上跑过来，像只小花蝴蝶。

她跑我跟前，显得很高兴：“我还以为你不会来了呢。”

“黄力和我一起来的，他走了。”我说，然后问她，“你约我什么事？”

“噢，没事就不能约你出来了？”

我笑了笑，不说话。

刘倩说：“你看那边有租船的，咱们去划船好吗？”

“我没钱。”我说。

“我有。”她兴奋地说。

“不，时间晚了，怕是不租了，而且我也不会游泳，我怕危险，我这人胆小。”我说。我记得当时落日很圆很红，映在湖面上波光粼粼。现在想想，身边有一个女孩子，划着小船在湖中心，什么事也不想，什么事也没有，只有晚霞、小风、湖水，躺在船上看着四面的景物一定很惬意。

“划嘛划嘛，有什么的。”

“不行，真不行。”我向女孩解释，“我不习惯和女孩一起划船，坐得那么近。”

“这有什么呀？近点还不好？”

我说：“我不习惯。我习惯一个人待着。”

“你难道不羡慕黄力和高雯，他俩多好呀，我特羡慕他们。你羡慕不羡慕黄力？反正我挺羡慕黄力的，至少有人真心对他好。”

“你是在羡慕高雯吧？”我笑着说。

“是又怎么样？”她抿着嘴唇抬头看我，旋即又转头自顾自地笑，傍晚落日余晖照在她脸上，她眯起眼的样子显得有些好玩。

我们各自低着头沿着湖边走。我记不清我们都说了什么，反正都是胡扯。突然，女孩一下子跳了过来，偎在了我身边，双手紧紧抱住了我的一只胳膊：“呀！原来他们在这里！”

我被她的这一下给弄蒙了，有种被电击般的感觉。呆了半天我才明白她指的是黄力和高雯。我顺着她的目光看到黄力和他的小朋友正坐在湖边石阶上偎在一起面对着水中漂浮的人们扔的各种脏东西聊天。有点儿意思。

我突然想到可以和黄力开个玩笑。我没有推开刘倩，伸手搂住她的肩头。我们就这样走过去。黄力看见了我，和高雯扭头冲我们笑。

在公园边上有座人工堆的小土山，山上树很密。在山顶上可以看到公园外街上来往的车辆。我们爬到山顶的小亭子，坐下。小亭子仿佛是专门为情侣们造的，四周的树密得使这里像世外桃源。我小时候每回来这里玩，总会产生一种非常强烈的愿望，找一个树丛、地洞之类的地方把自己永远藏起来。我们俩坐在亭子的横条凳上继续有一搭无一搭地闲聊。后来她突然问我是否吻过什么女孩。我说从没有。接下来我们之间变得没了话说。在沉默的尴尬中我猛然意识到当时天暗了下来。

现在我回想那一刻的往事，突然觉得自己的记忆、意识好像中断了一截，一切变得不真实起来。我怎么会去那里呢？我都做了什么？这个疑问让我琢磨了半天，最后确定，我好像什么也没干。

8

我和刘倩之间就是那么一种若即若离的关系。后来因为一次阴差阳错的冲突，连那种若即若离也没有了。彻底没关系了。那天是黄力的生日，所有的哥们儿都在。

我去得晚了些，一进门，看到在座的不仅有高雯，高雯旁边还坐着刘倩，我立刻感到有点头晕。黄力给我的解释是“没法子，她非跟高雯一起来。她是高雯的好朋友，最近愈发形影不离了”。大家喝酒时我一直心里盘算怎么把她支走。我心情压抑，嘴上胡说八道，但心里却自始至终弥漫着一种想摆脱开这里的一切，一个人独处的愿望，放上一盘随便什么的流行歌曲，在黄昏和音乐的弥漫中抽一支烟。后来我喝多了，打开录音机去听曲子，跟着曲子大声唱歌，走调走得我心烦意乱。再后来我就真的把刘倩给气跑了，弄得大家都挺尴尬。刘倩被我气跑时好像还抽了我一个嘴巴，虽然没怎么打着，可也让我的自尊心颇受损害。后来刘倩跟我道歉时，我没原谅她。现在想想，请求原谅的人也许是我。我想不出我是怎么把女孩弄哭的了。

刘倩来向我道歉了。在校门口，她拉住我的车把死活不让我走，非要把话说明白。

“再重要的话也别在这儿说呀。”我说着把她引到附近楼群的一个角落里。她看我已没了要逃跑的意思，才松开了我的车把。

“你说吧，越短越好。”我说。

“那天是我不好，”刘倩重又抓住我的车把，说，“不过我没别的意思……”

“没什么，”我说，“那天我也是酒喝多了。”

那天我把刘倩气跑后准备回家时发现我自行车可惨了，不但前后带的气门芯都被拔了，连车铃盖也被拧走，醉鬼似的摔倒在地上，无辜地替主人当了回替罪羊。我想她大约是指这事，可我再也不想回忆那天了。

“我知道你是在故意气我，你其实也不喜欢那个徐静，是吧？”她边说边从书包里掏出我的车铃盖。

我一言不发地看着她给我拧上，觉得脸上有些发热。

“我谁也不喜欢。”我说。

"既然这样，"她昂起头来直视着我，"如果你不愿和我好，那我想认你当个哥，行吗？没别的意思，我觉得这你应该同意，我只希望和你保持现在的关系，大家以诚相待。咱们现在都是大人了，希望你做事多加考虑，别草率。"

"不行，恐怕也不行。不能这样，我从没给人当过，恐怕也不会当。"我支支吾吾地胡说八道。

"你就答应吧。"刘倩对我怒目而视，催我。

"不行。"我断然拒绝。

"为什么？我觉得这很正常……"

"不为什么，就是不行。"我打断她。

"那……你给我张照片行吗？"她沉默了一会儿，说，"这总可以吧。"

"不行。"我有些烦了，只想赶快走。

"这也不行那也不行，你以为你是什么呀？你怎么一点也不理解别人的心。"女孩有些急了。

"谁理解我呀？我什么也不是，反正就是不行！这是我的自由！"我也火了。

"那你干吗还把我追你的事满世界宣传？现在我们班同学全知道我跟你好了，连老师都知道了。"

"天知道，我可没有，不定怎么回事呢！"

"你等着吧。难道你不怕我报复你？这也是我的自由。"

"随你便吧。"我有气无力地说。

“你就小心点吧。”

“别毁了你自己就成。”

“我才不在乎呢。你妈的。”

“你妈的那我更不在乎。”

“去——你妈的！”

“去你——妈的！”

我颓然地看着女孩子生气地昂首挺胸走了，心里如释重负，空落落的。冷静下来后我觉得不可思议。我这是怎么了？这是我吗？怎么一切会变成这个样子？她能怎么报复我呢？大约只是气头上讲讲罢了，她能把我怎么样呢？可能以后我再也不会见到她了，即使偶尔在校园碰上也只会是形同陌路，一切恢复到以前，像什么也没发生过。

我望着她瘦弱的背影感到了些许怅然和内疚。

9

前面说过了，徐静才是我青春时代的女主人公。事实上，我写这篇小说就是因为徐静曾给我写的情书。那些东西可以算做情书吗？那些随手记下的心绪，那些信笔写就的小诗，那些生日卡片，那些所有没有签名的文字……

某年秋天，浙江一个年轻的女作家来北京，我们坐在美术馆的台阶上闲聊。女孩最喜欢玛格丽特·杜拉斯的《情人》，也许是为了展示一下她过目不忘的才华吧，女孩向我背诵了其中的一段。最著名的那一段。

那段话是这样的：

“我已经老了，有一天，在一处公共场所的大厅里，有一个男人向我走来。他主动介绍自己，他对我说，我认识你，永远记得你。那时候，你还年轻，人人都说你美。对我来说，与你青春的红颜相比，我更爱你现在备受摧残的脸。”

当时，我几乎立刻想到了徐静，想到了多年以后，我们彼此都老了，再相逢时的情景。我不知道，我会向她说那样的话吗？我还会认得她吗？也许，我们重逢的那处公共场所是在机场大厅，北京机场？还是另一个国度的机场？我坐在那里，也许是接出差归来的妻子，也许是等待上机，这时，我看到了徐静，一个风韵犹存的中年女人，她的旁边是一个老年男人和一个少年男人。

如果是那样，我会上前和她相认吗？她还会记得我吗？还会记得我们曾经说过的话吗？我们曾经说过的话，连我都记不太清了，只有一些只言片语，偶尔会被想起来。

“无论如何，我永远不会忘记你。”徐静说。

“无论何时，无论何处，你都在我心底最深的地方。”徐静说。

“既使分别，不管相距多远，时光过去多久，都会常常想起你。”徐静说。

我想，到了那个时候，徐静早已经把那些说过的话忘记了。

她也应该去忘掉那些从前的事，从前的话，从前的一切，否则怎么开始新的生活呢？在我十七岁那年，那个盛夏的雨天，我就真心希望她能够把我、连同与我相关的全部东西，全都忘掉。

把女作家送回宾馆后，我回家翻出了从前徐静写给我的那些信件，从最初她给我抄录的朦胧诗，到后来分手前的那些内心犹疑，厚厚的一摞，像是一部书的手稿。

你娟秀的字迹使舒婷的《致橡树》和《双桅船》看起来更美。你知道吗？顾城已经死了，那个曾让年少的你在心底偷偷暗恋过的男人。人们说那标志着一个时代的结束，一个美丽的童话的世界消失了。你知道吗？在我开始写作以后，我认识了从前你很喜欢的那首小诗的作者，他喜欢喝酒，还喜欢发牢骚骂人打老婆……

那时候，我和徐静虽然天天见面，可在学校，我们却假装形同陌路，互相理也不理。那时候她总喜欢有什么话就写下来给我。我对她也一样。有时候她心绪不佳，也会把她的多愁善感淋漓尽致地写下来让我看。那些文字是那么婉约抒情、行云流水。有一次她不声不响地把一个巨大的信封偷偷塞给我。信封鼓鼓的，拿在手里有种充实感。我什么也不说，接过来塞进兜里，照样和哥们儿们有说有笑。回家后我拆开信封，拆开一个大的，便又发现一个小的，再拆开里面又是一个更小的，这样我一连拆到第十个她自已用手糊的精致的小信封才看到了信的内容。她只用了简简单单几个字表达了她心底的秘密。只有在我们分手以后的日子，女孩写下的文字才渐渐演变成了感动，而当时她的精心与柔情带给我的除了小小甜蜜还有深深的恐惧。

是的，那段日子并不好过。那些内心痛苦的充满自我折磨的日子过去很久之后，重新翻阅徐静的那些文字仿佛叫我回到了那个无知又忧郁、充满了激情与苦恼的岁数。这种感觉既让我觉得幸福又让我感到失落。毕竟，一切都再也不会回来了，青春的岁月、分别的故人……

那时候夜里我常常睡得不踏实，心里像悬着某种莫名其妙的东西，当我麻木的时候就作怪提醒我它的存在。一闭眼就感觉眼前有怪物似的吓得我立刻又把眼睛睁开，脑子里乱七八糟的东西理也理不清。黑暗中总有一个女孩的脸庞和身影在眼前晃动。我努力去捕捉那幻影发现她似乎是徐静，似乎又不是，若即若离之间，怎么也看不清她的脸。

那时候与其说是我在和徐静恋爱不如说是她的影子每晚在死死纠缠着我，每天芜杂荒谬的只让哲学家们困惑思索的念头都要在我的头脑里互相厮杀。我当时诸多的困惑之一是，我认为朋友和女朋友是截然不同的概念，友谊比爱情伟大。友情是精神层面的，高尚的，爱情是肉体的，本能的，更畜生一些。就是如此怪异的少年心态。朋友是为精神而设置的概念，是神圣的和伟大的，而女友、女孩、圈子、马子，是为肉体，更准确地说为是下体而设置的概念，尽管不可或缺，也非常令人向往，但却多多少少显得有点不体面。在为下体奔忙的时候，我总感觉自己是在被人性的缺陷所控制。

我一直认为，我和徐静的关系应该属于前者。

10

据我的观察，在学校徐静仍像从前那样，显得活泼乐观，而内心深处，蓝色情绪却越来越深。

女孩常常叹息说："也许有一天我们会分手。"有时候说："不知道将来会怎样？"就是这样，徐静总是认为有一天我们会谁也见不着谁，不是我会离开她就是她会离开我。有时她还充满向往地编织想像真到了那时候我们各自会是什么样。她认为有一天她会悄然死去，在她看来大概死是一种美的最高境界。离别时那种凄美、荒凉叫我感到十分感动、美好。

有时，我说："不对呀，你年纪轻轻怎么会死呢？除非是自杀。"

女孩说："那就是自杀吧。有些事情确实能逼到人要自杀的地步。"

我说："有什么事值得去死呀？我怎么觉得这世界上没一件事值得我玩命啊。"

"我要是考不上大学就会去自杀的。"她说得平淡又认真，像是经过深思熟虑后作出的什么重大抉择。看来这个问题萦绕她脑海许久了。

“你可别死，缺谁地球都照样转。现在人们只会对死人幸灾乐祸，没人同情弱者。”

“每个人都像我过得这么累吗？”徐静问我。

“对，每个人。”我说。

“我问你，假如有一天我真的死了，你会为我难过、流泪吗？”她把头扭向别处，看着正待西沉的落日。这时正是一幅标准的城市黄昏的景象：落日、河水、归人、高楼、马路、汽车什么的，一切如画。

我认真地想了想，说：“不知道。”

“我现在老得逼着自己去学，可有时又怎么也学不下去……”她没回头，跳过了刚才那个问题，继续说。我知道她为什么学不下去，只尽力地安慰她。

她说你其实不用安慰我，“我心里明白，只不过有些感伤罢了”。

11

我和徐静的秘密约会大多是在她家。女孩的小屋给我的印象是如此深刻，时过境迁，光阴流转，那个正经八百的女孩闺房还常常出现在记忆中，写字桌上竖摆着的朦胧诗集，床头挂着的小洋娃娃，床边的墙上贴着的青春偶像。记得第一次去那里，强烈的异性气息深深吸引了我。我在一边静静地看她。窗外是北京冬天特有的昏暗，屋里淡淡的灯光，她显得那么安详、淡泊、恬静，无欲无求。

那天给黄力过生日，散了以后，我就是跟徐静去了她那里。那天她的头发没有扎起来，随意披在肩上，显得很妩媚动人，和平常标准的女中学生形象迥然相异。我们在她的小屋里，女孩呆坐在书桌前，寂寞又满腹心事的样子。

我无聊地在她的床边坐下，屋里有一种气息叫我眩目。我的头因为酒精的作用一圈圈发大，“砰、砰、砰”地响，像有节奏地在敲击的鼓点。内心却十分清醒，刚才大家在一起时胡闹的情景又一次在我脑海重新掠过，历历在目，恍若隔世。我的所作所为让我十分厌恶，可我不明白我为什么会那么可笑，像个表演的小丑。

徐静冲我笑笑，问：“酒醒了？”

“根本没事。”我说。

她坐到我旁边：“你干吗要那样，借酒撒疯。”

我说：“刚才我胡闹你生气了吧？”

“那倒没。我知道你心里烦。现在心情好了？”

“根本没坏过。”

“得了吧，其实你要是真有什么事，可以把它写下来或者找一个你最值得信赖的人说出来，这样，也许会好一点。”

“其实我也没什么要说的。”我说。

女孩的领口开得很低，白皙修长的脖颈上有几条淡淡的血管的蓝印。她瘦削的肩膀激起了我的爱怜，不知那里能否承受住我疲倦沉重的头。房间里的气息以及她身上散发的特有的芳香叫我难以自持。一种强烈的渴望从我心底涌起。

我吻她细长白皙的脖颈。徐静昂起头脖子扭动得像条蛇。她画过淡淡的一层淡妆的脸很迷人，朦胧的眼睛，高高的鼻梁。我有些冲动，用力地胡乱吻她，把她慢慢拥倒在床上。她的胸脯起伏得十分剧烈，我的心怦怦地在迷惘中跳动。我的手顺着她的砰砰动的胸往下滑，我有些不知所措，直到我的手被她的手突然握住。

“不行，”她挣扎着坐了起来，“这……不行。”

我也坐了起来，彼此对视，她的脸红了，我也感到脸上发烫。

“不行，真的不行。你不会怪我吧，我不愿像报上写的那些早恋的中学生那样，处理不好会麻烦。你不了解我的家庭，万一出了事他们不会原谅我。那时候我该怎么办？”

我无话可说，沉默了一会儿说：“没事，好好做你妈妈的乖女儿吧。”

“你不会生气吧？”

“这是什么话，当然不会。”我说，“咱们好好坐着好好说话吧。”

“嗯……如果你不乱动手动脚的，我可以给你看看。”我看她，受不了她那种目光，避开。她低头去慢慢逐一解开衣扣。我感到一阵目眩，脑袋嗡的一声乱了。

12

从徐静家出来，我感到精神恍惚，女孩身上的香味，怎么甩也甩不掉，风一吹就能若隐若现地闻到，像幽灵般在我身边转。我在马路上无目的地转悠了好一阵子才回家，那种香味密探似的跟了我一路。

家里没人，冷冷清清的像一只空空荡荡的鞋盒子。夕阳从窗口直射进来，我靠窗的书桌被晒得有些发烫。我走到窗前，发了会儿呆，陡然感到孤单，心里有种莫名的落寞感。我打开窗户，站在窗口抽烟，看着楼底下的大千世界，马路、汽车、警察、行人，木偶一般按一定秩序在活动。世界像个巨大的轴承在井井有条地正常运转。大约抽了三四支烟，烟上了头，让我有些发晕。我把所有的窗子打开放烟，然后到客厅听流行音乐，弹了阵吉他，觉得挺没劲，什么都干不下去。今天似乎发生了许多事，多得让我一时无法承受。我很疲惫，头发晕，不知道自己都干了什么。到底发生了什么事？

晚上我看书看到很晚。望着那些前人总结出的薄薄厚厚的一本本真理，感觉似乎只有在这种时候才让我想到时间过得真快，一切像流水般从身旁逝去。看不了多大一会儿就走神，老也无法达到那么一种境界，忘我，忘掉一切，达到进入状态。进入状态？进入谁？我该不该进入徐静？我完了，真他妈不行了，我的意念集中不起来，无可救药了。一切变成了徒劳。我到底输在哪儿了？晚上熬了夜，第二天起床就成了难题。骑车在路上脑子里还迷迷糊糊的。

下午加了第三节自习课。我们开始自习时，老王不知动了哪根神经，一个人在班上扫地。不知为什么搞得我坐立不安、十分心烦，看着他撅着的屁股，我真想站起来上去狠狠地踹上他一脚。

13

我们坐在护城河边看河水。水闸上游的水面由于静止而泛了一层绿色的水藻，像铺了层旧地毯。

我看着河面想起了去年暑假我约女孩出来，不想天下起了雨，但我们还是都来了。那时候她在我眼里总是一副天真、活泼的样子。去年夏天，已像是遥远往事，想起来叫人留恋、感慨。

“你在想什么？”徐静问我。

“没想什么。”我说。

“不是那天的事吧？”她扭头看别处，脸红了。红得很好看。

“哪天？”我问，心里却随着她的目光向那段逝去的时间滑去。我像一个不会游泳的孩子，面对大海既迷恋又恐惧。你有多渴望扑到海的怀里，置身于隐秘深处，你就有多不知所措。如果你很小的时候曾有过迷路的经验，也就是那种感觉，找不到家的感觉。你根本不知道该干什么，也不知道自己正在干什么，怎么会到了这里。思想和记忆不知跑到了哪里，你只感到自己像一架失灵的机器。我们永远也不会分开是吗？我们永远也不会分开！我感觉自己膨胀得像一只充足了气的气球，仿佛就要炸开。一种强烈的需要依偎的欲望使我向往那种温暖的充实感。在整个那战栗的过程中，我只记住了这两句话。若干年后的某一个雨天，我因无所事事而终于想起了它，不禁感慨万千。

“你赶快回家吧，我想一个人待着。”我说。

“你要待多久？”女孩略带不安地问。

“我想一个人看太阳下山。”我说。

“好吧。”女孩犹犹豫豫地走了。我看她推车走后，觉得没劲，站起身也走了。

14

我推开门，看到徐静正独自一人歪在沙发上抱着一本什么书在静静地看。她的鞋扔在地板上，两只穿着印花边的白袜子的脚舒服地搭在张椅子背上，脚指头还一动一动的。我喊了她一声，她没反应。我走上前去摘掉了她脑袋上的单放机耳塞。

“你吓死我了。”她说着挣扎着站起来。她的脸突然红了，红得像只熟透了的大苹果，让人想扑上去狠狠地咬上一口的那种。

“我知道你会来的。”女孩说，笑了，“我其实猜到了你会来。”

“就待一会儿。”我说。

“不看太阳下山了？”

“我……”我一张嘴才知道自己并没什么可说的。

徐静看了我一会儿，又若无其事地低头去看起了书。

“什么书呀？”我问。

“不知道，”她没抬头，“写中学生早恋的，瞎看……”

我知道她在想那天的事，其实我也一直在想。那天我真的喝多了吗？可为什么当我看到徐静真实的身体时头脑那么清楚？她侧卧在床上，像一幅我梦里的画……来吧……轻点……别……别让我怀孕……

“书上说的什么？”

“瞎写，说一个女孩是班长，和一个男生谈恋爱，后来他们没忍住，还让他们校长给抓了现……”

我并没有真的“干”了徐静，没有，天，当时我的脑袋不知出了什么毛病，我好像是看到了谁，一张男人的脸，阴阴地在我脑海里盯着我……我刚才还雄心勃勃、呼之欲出的“老二”突然蔫了，像个正在挨老师批评的坏学生，耷拉着小脑袋，缩成了一团儿。女孩的身体像风平浪静的海面。

“后来呢？”我问。

“后来那女孩让学校开除了，在一个小厂里当临时工，男的因为他家里留了下来，上了大学。”

“没劲，真他妈没劲，确实瞎写。”

后来我们坐了起来，恢复了衣服的隔离，徐静问了我许多问题，我一言不发。为什么为什么怎么会这样，我也不知道。确实，我确实不知道怎么回事。后来她说她妈快回来，我们来到了护城河边，后来徐静哭了。后来，后来，后来确实也没什么，我们之间没发生什么事，大约只是各自的心理上起了一些变化，再看对方有些陌生和难堪了，就像是亚当和夏娃吃了什么果一样知道了羞耻及其它什么的。我们这么发展下去太危险了。是徐静首先觉醒的，她看着河水低头说。

“我觉得咱们这么下去太危险了。”我终于鼓足勇气，拿掉了她手中的破书。那我们怎么办啊？徐静趴在栏杆上，看水中自己的倒影。

“我们怎么办啊？”徐静说。

“咱们分手吧，要不？”我说。

“干吗要分手？咱们只暂停一段来往成不成？”

“……”

“我受不了，我老想你，我看不下书去，上课也听不进去。”

徐静扑进我怀里，眼圈红了。

“别这样，你丫别这样，这样的话咱们只能是分手了。”我真有点害怕了，用手推开她。

“我走了，咱们都好好想想成不成？”

“求你了，待会儿再走。”

“咱们都想想吧。我走了。”我扔下徐静，出了门。我要是不认识她该多好啊。

15

是整整十年以前的旧事了。在一封徐静给我的信中，女孩这样写道：“谢谢你在信中祝我快乐和好运，快乐似乎很久以前就抛弃了我，对它来说，我不是一个好的主人。至于从前烧掉的那些东西，想想也很可惜，不过我当时的心情，想烧掉的东西要更多。别再对我说抱歉，也别再提及从前，你曾经给我的伤害，让我再不敢回头去想那些快乐日子。太深了，伤害和快乐，都太深了。”

信肯定是在我们分手后写的。现在我实在想不起来我是不是曾经伤害过她了。如果我曾经伤害过谁，那应该是另一个女孩。

那是一天中午，我在和几个哥们儿玩牌时被年级主任老许给逮了个正着，牌被没收后，老许看我的头发似乎有些长，便把我揪到他的办公室，给我纱窗擦屁股——漏（露）了一手，亲自给我剃了个标准的学生头。走出办公室，我觉得有些怕见人。

“你怎么剃了这么个发型呀？难看死了。”回到班上，坐我前面的一个叫李明明的男孩，一见我就大惊小怪地嚷嚷开了，冲我还吃吃地坏笑。

“滚蛋！一边儿去！”我没好气地凶他。

他并不生气，还是一副赖兮兮的样子冲我又甩出一句话，像扔过来一块砖头似的差点没给我砸死过去：“中午你那个小相好的在你课桌里放了个大蛋糕。你看看，不信？”

“打你丫的！什么相好的！？”我大怒，“谁呀？”

“你不是和初中一小女孩特好吗？我们都知道，老给你传条，你会不知道是谁？嘁！”他摇晃着脑袋，为自己受了不公正的待遇。

我打开桌盖，果然发现有一个用礼品盒包装好的精致的生日蛋糕，知道了李明明不是在逗我。把蛋糕拿出来，我顿时觉得它和教室的氛围是那么不和谐，那么刺眼。它不是蛋糕，它简直是一双故意使我难堪的手，让我一个人赤身裸体地走到了大街上。

班上一些女生好奇地远远看着我，好像我拿的不是蛋糕而是一个谁刚生出来的私生子。操！你妈的看什么看！我感到身上的血正在不停地往头上涌，我的脑袋一圈圈地发大。她不是要报复我吗？送来个这玩意儿是什么意思？操！我是不能再采取置之不理的态度了。操！爱谁谁谁吧。

“哇！你好幸福哟。”李明明看我发呆的样子，不知好歹地学着一部正在播映的香港电视剧的腔调。

“幸福你妈个头！你知道个屁！”我急了，恶狠狠地骂他，然后气哼哼地提着蛋糕走出教室。

一口气跑到了学校教导处门口，我停下来，不禁有些犹疑和缺乏勇气。我不知道我这么做对不对，将来是不是会后悔。一切为什么会变成这样？我该怎么办？我提着个莫名其妙的蛋糕，心里团团乱转，那样子大约像个不太老到的行贿送礼者。“丁天，你怎么在这儿？有事吗？”后悔已经来不及了，教导主任从我身后走来，一边问我一边掏钥匙打开门，“请进来说吧。”

教导主任是个不很老的“老太太”，在学校常能看见她没事瞎忙。她见了我并不惊讶，仿佛早就知道我要来找她似的。我却很奇怪她怎么会知道我的名字的，而且还叫得那么亲切自然。我觉得我一贯在学校并不是很显眼的那种人，跟她就更没说过一句话了。她竟能叫出我名字，不简单，得算个称职的教导主任。

我把事情的经过简约地向她作了说明。她看看我，尽管她故作严肃、平静，可我仍能从她那脸上肌肉的纹络中看出来她经过努力控制才绷住的一丝笑容，我不明白那是什么意思，她好像是憋了一肚子屎又故意不拉出来似的表情：“就这些？”

“就这些，没事我先回去上课了。”

她没放我走，而是又让我仔细描述了一遍过程中的许多细节，但我并没有满足她的“听淫癖”。最后她挥挥手，不知是在轰苍蝇还是在轰我，说：“你先回去安心上课吧，你能信任学校这很好，说明你有进步。我们会做出得当的处理的，别再担心这事了，先回去吧，好孩子。”

我转身离开时觉得自己很狼狈，后背好像布满了荆棘，被扎了一下似的一阵发麻，双肩不禁打了个激灵。我不知道她在背后是用怎样一种眼光打量我的。

接下来的一节课是语文，因为老师有事，和第三节自习对调了一下。据说语文老师，那个胖老太太，正和她丈夫闹离婚。更年期什么的闹的吧。离婚，挺时髦的一件事，不过我有些担心胖老太太要真离了，她该怎么办？还有人会半夜那么轻车熟路地了解她吗？

“上我办公室来一趟，我和你聊聊。”不知何时，老王偷偷溜到了我身边，凑到我耳边小声嘀咕了一句。我正低头写作业，冷不丁被他吓了一跳。老王说完背着手头也不回一下地先走了，那种老头遛鸟的样子让我疑心他刚才是不是在对我讲话。看着他略有些哈腰的背影出了门，我才不大情愿地站了起来。

“你先坐会儿。”到了他的办公室，他说，然后不再理我，自顾自地把前几天的测验卷子拿出来判，样子很投入、很认真。

旁边有几个陌生的老师都用一种异样的眼光瞟我几眼，然后低下头各忙各的。我知道他们为什么看我。

老王判了会儿卷子和那几个老师又聊起了天，大大地发了通牢骚，可能是嫌某个赞助单位给他们发的东西太少什么的。对我依然是置之不理。我几次想站起来走掉，但最后都忍住了。我知道我已经没有任性的权利。

不一会儿，那几个老师都先后走了出去，屋里只剩下我们两个人，我看他仍没开口找我谈的意思，只好试探着先开口："王老师，我最近好像没犯什么错误吧？"

"没事我就不能找你聊聊了？"他抬起头，像是刚刚才发现我在屋里似的，冲我一笑，神秘兮兮地说。

他的笑叫我感到十分不安、别扭，因为捉摸不透。我小时候有一次在路边走，一个老头告诉我他手里握着一只好看的鸟要送给我，问我要不要。我伸手去接时，他却突然张开手狠狠地给了我手心一巴掌，然后哈哈大笑，说："空的，小孩儿。"我现在就像当年面对老头的那只空拳一样，犹犹豫豫不知道是否该伸手去接老王那个和善、诱人的笑容。

"你能和我谈谈你的人生观么？"他开始准备措词，"我发现你这个人很有意思，许多地方和别的孩子不一样。"

"一样吧。"我说。

"嗯……青年人嘛，应该树立一个正确的人生观、世界观，可以少走弯路。你说对不对？"

"对，对，我的人生观……"我明白了他大概要给我补习一堂我落下的政治课，"就是共产主义人生观、世界观嘛。"

"别开玩笑，我问得很严肃。"

“我没开玩笑，难道您认为我的人生观不严肃？是开玩笑？没错吧，我的人生观？”我装作无辜地看着他，目不转睛。

老王低下头，嘿嘿干笑了两声，没再搭理我这个话茬。沉默了一会儿，他转入正题。情况开始急转直下，快得甚至不容我为自己刚才的小小胜利而窃喜。

“你的事我都知道了，”他思考着说，“你和刘倩的事，你们已经好了一年多了，是吧？给，你喝水吗？”

“不喝。您听我解释，我和她没有任何关系。”

“你怎么能说和她没有任何关系？！”他大约没想到我竟会一口否认，有些急了，“不会没有关系吧？”又一个“听淫癖”患者。

“你老实点。人家刘倩都把一切告诉她妈妈了，人家家长都找来学校了，而且刘倩也把事情经过一五一十地告诉了学校……”老王说完，脸上露出一种捉奸成功后的得意的笑容。那种表情真让我疑惑：难道我梦游时操了他老婆？

“她都说了什么？”我仿佛掉进了冰窟窿。

“刚才我说的你都没听到吗？你们这些狐朋狗友再往前走一步就够流氓团伙的性质了。据他们老师讲刘倩这个同学学习一向还是不错的，可是最近这一段成绩一落千丈，上课听讲还老走神儿，这是和你没关系吗？”老王的表情像个疾恶如仇的公安局长，电影上那种。比真局长还局长。眉毛皱着，眼睛瞪着。

“是。”我点头。想到自己再次陷入了一种难以解释得清的境地，不由得悲哀和绝望袭上心头。我该怎么办呢？

事实上他也没容我多解释，既然已经把我归了类，便从容地开始给我讲起了人生、理想、爱情、情操什么的，并不时以自己为样板扯到了他年轻时如何如何等等一系列。特殊年代呀，左派“右派”呀，思想斗争呀，人生道路的选择呀，提高觉悟呀……我只能诺诺连声，嗯嗯地不住点头，并努力地控制着自己尽量让态度坦诚、自然、真挚。在他那双刀子般锋利的眼光中，我为自己的委琐形象而感到了屈辱。

我知道自己在迫不得已的情况下又一次做了叛徒。这是第几次了？看来我也确实是个不值得相信的人。

“咕噜咕噜，咕噜咕噜，懂不懂？”老王说。

“嗯。”我点头。

“哗啦哗啦，哗啦哗啦，明白吗？”像是在少管所做报告，语重心长。

“嗯。”

“咚锵咚锵，咚锵咚锵。”

“嗯。”

“哩哏愣个哩哏愣。”

“嗯。”

“咿呀咿呀咿呀咿毛主席说好好学习才有出息。”

“嗯。”

“你有没有听我说话？光嗯嗯的。”他突然猛拍了下桌子。

“嗯。”

“嗯？”

“听到了。”我恍然醒来。

老王转头去看窗外，不再理我。

我说：“没事我先回去了？”

“嗯，回去吧。”

我轻手轻脚带上办公室的门，仿佛怕门给我一大嘴巴。我有种像刚洗完澡干干净净的却让人兜头泼了一身脏水的感觉。

那天放学我骑车回家，想到自己的日子过得如此不顺心中十分懊恼，似乎人人都在找我麻烦，而我却没能力将这些事处理好。我对自己的处境十分绝望。

路过自由市场时，因为是下班高峰，本来就窄的小街自行车、汽车和行人卡在了一起，交通堵塞。我定了半天车最后不得不下来推着走，跟着人流慢慢磨蹭，心情备感压抑。街上有人因为一些不可避免的碰撞在吵架。我想满大街的这帮人大约都不会有我现在的这些苦恼和悲哀，他们每个人似乎都要比我活得自在得多。苦恼于自己心事中的人是懒得去吵架和起哄的，他们不想去骂别人而只想骂自己。

附近可能有个小学。我看到迎面走来三五成群的一帮小学生，腰里挎着用“雪碧”瓶做的水壶。几个小男孩在欺负两个女孩，见小女孩急了又去屁颠儿屁颠儿地跟在人家后面道歉，一边走一边还摇晃着手中的小黄帽子。远远望去，那大大咧咧的架势像个不太正经的国民党伤兵在调戏良家妇女。这让我想起了自己那时候放学回家，无忧无虑、快乐的年代。

一路上，我骑车骑得有点恍恍惚惚的，好几次差点和人撞上，烦得我真想随便揪住一个挡我路的人打一架。这荒谬的念头不期然让我想起了女孩为什么会送给我一个蛋糕，因为这天是我的生日。这一发现叫我当时就很伤感。这是怎样的一天啊？一切变成了昨天，不忍目睹，不堪回首；而明天却不可想像，谁知道我的十八岁、十九岁会是什么样子啊。我想到了我小时候曾十分天真、幼稚地幻想自己长大后的某一天会像鸽子一样在湛蓝的天空中自由自在地飞翔，对于童年梦想的失落，我感到了惆怅。我又想到了我小时候是多么盼望自己十八岁的到来，那时我就是一个真正的大人了，可以抽烟了，可以打人了什么的，甚至还以为我十八岁就要结婚娶媳妇了呢。我不知道为什么那些本来早已经被我遗忘的东西那一刻会清晰地又出现在我脑海中，难道它们一直就躲在我大脑纹层中的一隅沉睡，专等这一天的到来？看来有些事情永远也不会被岁月湮没。现在这传说中人生最鲜亮、光彩的日子终于来了，然而除了一堆麻烦和苦恼我却什么也没有，什么也不属于我。十八岁和八岁没有任何区别。我们尽管不情愿尽管赤身裸体一无所有，但却是带着生命来到这个世界上的，现在却只能眼睁睁地看着自己又在一点一滴地毫无意义地失去自己唯一的拥有。

16

我看见我走了很长时间的路，穿过拥挤的人群与形形色色、善善恶恶的各色人等擦肩而过；我看见我跳上了公共汽车，坐在角落里看着窗外掠过的景色，繁华的街区、林立的高楼、购物中心、合资饭店，霓虹灯闪烁；我看见了两个红色的斑点，一个是地平线边的太阳，一个是我的心，渐渐变成蓝色，一片空虚，我看见我扭过头，去看我身外的世界，车窗玻璃映出我的面孔；双眼空洞，一脸落寞；我看见我随着一车人穿过这世界的五脏六腑，却不知道我从哪里来，到哪里去；我看见我问售票员车终点站到哪儿，她说她也不知道，爱哪哪儿，我想下车车却不停；我看见我绝望地闭上眼睛，流下了眼泪；我看见我疯狂地用刀在砍着什么，泪流满面，手给震麻木了才停下来；我看见了我内心汹涌的冲动，我想把一切毁掉，把残损的、破旧的、不合理的东西全都彻底毁掉。这冲动叫我既着迷又恐惧。我年轻时常常会产生一种豁出命去干点什么的冲动，尽管我知道我干的都是傻事。

我睁开了眼睛。阳光从窗外直射进来，照得我目眩。一切竟然是梦。起床后我坐着发呆，头疼得厉害，眼泡也肿了。身体十分虚弱，恍若大病一场。晚上，在灯下我心里闪过了许多阴暗的念头……

很多年以后，我因为身无糊口之技，无法拯救自己的肉身便迫不得已走上了拯救灵魂的道路——写了小说。在我人模狗样铺开稿纸一次次反思生命的意义与价值时，我感到了生命的无意义。我的出生也许就是个错误。打一落地我似乎就只会给别人和自己找麻烦。我在出生的一刹那立即死去就对了，那样就没人会想起我这个刚出生就入死的孩子，大家都省了许多麻烦。假如真是那样的话，我的灵魂游荡在另一个世界，看着我离开的这个充满伪善、烦恼、冷漠和为些蝇头小利打得头破血流的世界，为人类自身的丑陋和扭曲而报以轻蔑的冷笑，那该多棒啊！

可是，唉……既然迫不得已地活着，做个傻子没准会更好些，先天痴呆什么的，无知无识，稀里糊涂过一辈子，做个上帝真正的宠儿。你再能耐也不过是生老病死几十年，反正逃不开自己的劫数，我再傻也和你一样吃喝拉撒享受阳光空气，这样末日审判时我就会感到我其实是赚了大便宜。可惜，如今我也长这么大了，想死也不容易了，而且越长大对生命还越留恋起来。真他妈没出息。没出息啊。所以说一旦铸成错就不太好改正了，因为让我当初死去要比现在容易得多。现在我要突然死了，再怎么着也多少算是件事儿了。凑合活着吧。

17

我记得那一年的夏天来得很突然，天气突然变得酷热难当。夏天，心理上的真正的夏天来了，暴热和烦躁如同足音预示着学年终考的来临。一切如故，日子熟悉得不能再熟悉，我从启蒙伊始似乎就在过这种生活，上学放学迎来一年年的夏天冬天，个子长高了，记忆却失去了。童年玩的游戏因幼稚被淘汰忘却了，现在玩的游戏却演变成了愚蠢。儿时的歌谣从午后的教室窗外传来，飘飘悠悠进入我朦胧欲睡的迷梦中，熟悉得叫我想沿着梦与现实之间的裂纹走回去，一直往回走，然后冲它们说一声“老朋友，我又回来了”。然而我却忘记了童年的游戏规则。可是我正是不懂现在的游戏规则才回来的呀？我只好又原路退回，退到了现在，听见老师说：“谁要是困了，可以到外面水池里洗把脸……坚持坚持，我现在讲的很重要。”

“我不困。”我说。同学们哄笑。我清醒过来，真的不困了。“不困就好，”老师说，“这鬼天气也是，难免犯困。”她打了个哈欠接着讲课。

和哥们儿在一起时我无心像往常一样和他们逗乐，变得很少插话，听他们说而自己在一边沉默。心里牵挂的事仿佛在遥远的大草原或戈壁滩，空旷、惆怅。他们问我是否有心事。我说没有。他们又问我是否摆脱了那个小女孩的纠缠。我说是，和她没关系了。后来我把刘倩给我的情人卡和纸条什么的如数悉交老王后，他什么也没说就走了。事情就这么悬起来。我想事情大约就这么过去了。心里装着事的日子难受，心里空荡荡的日子一样难过。大小测验不断，想多看看书却总也抓不紧时间，光阴跟泥鳅似的从我们手掌中逃跑。我常常走神，有时我感觉我的生活似乎就这么搁浅了，只有时间的流逝，而生活永远不会再前进了。我知道这是由于天热的缘故。夏天，人的头脑总爱糊涂，不如冬天清醒。不信你查查看，夏天的记忆总是断断续续的，不如冬天的清晰、完整。

那一段日子，我一方面疲于应付日益沉重的功课，一方面还要应付老王隔三差五的提审。老王常常面带笑容，不怒自威，像个老练的盖世太保面对一个不老实的犹太人。而我则常常心生一种生活在透明玻璃罩中的恐惧：他是不是连我在某个春情汹涌的夜晚的某次手淫也了如指掌了？

我说："王老师，从前我确实是不对，我知道我错了，不懂事儿，您……从今往后我肯定会好好要求自己，严格要求自己，痛改前非，真的，做个合格的团员。请您看我的实际行动吧……真的，我一定……"

他狡黠地笑了，用那种我再熟悉不过的奇怪的目光瞟了我一眼。我低下了脑袋，觉得后背麻酥酥的。

我不知道是否我的眼神也让老王感到了发麻，他也低下了脑袋，边听我讲边表情肃穆地重重点头，以表示理解。妈的！那样儿像参加什么葬礼听追悼词似的。

"那……我就看你的实际行动了，咱们说话算数。"然后扔下低声下气的我，背手走了。

有时候，他则一边抽着烟一边老朋友似的和我扯些不着边际的话。那笑眯眯的样子叫我十分难受，心情矛盾：我不想表示热情，而他的态度似乎又像是逼我对他表示热情。肉麻。我低头。老王啰啰唆唆地讲起了他的年轻时代，苦难呀，动乱呀，人与人之间的扭曲呀什么的，说现在他要努力追赶失去的光阴。后来他说到了他为什么会抽烟上瘾倒真正引起了我的兴趣，他说那时候正赶上三年自然灾害，先是吃不饱饭，而后精神苦闷，只得以抽烟来解除痛苦；又讲到他如何积极要求进步，组织上如何严肃地找他谈话，并且给他指定了一个媳妇，现在能吃饱饭了，但仍总还觉饥渴。这些事对我来说挺新鲜，真是闻所未闻，听得津津有味的同时心里颇为这种谈话方式及真情的流露而感动。我在他的感染下也讲了自己的诸多苦恼。从那种气氛中解脱出来，我才隐隐约约地感到了一丝悔意，我想到有些话大约是我不该讲的，比如说我偶尔也抽支烟什么的。我简直都忘了自己姓什么了，不知所云地胡说什么？！同时我也略带些悲哀地想到要踏踏实实、痛痛快快地恨一个人竟也是那么不容易，甚至是不可能的。

18

一天，黄力告诉我听说刘倩要转学什么的。我听后说是嘛，并不热心往下接茬。黄力也就没再多说什么。倒是他那个小朋友高雯有一次风风火火地把我约出来，到了护城河边，先是急赤白脸地质问我，然后气急败坏地骂了我一顿，问我为什么把这事给捅到学校成心害她的姐们儿，“刘倩现在可惨了”。

“这事你得问她自己，”我说，“我他妈还觉得冤呢。”

高雯说不怪刘倩，是她妈妈偷看了她的日记，然后搞的“逼供信”：“可你不替她兜着还落井下石。”

“那谁他妈替我兜着？！”我大怒，说。

“真自私。”高雯说我。

“对！我只关心自己，怎么啦？她也是他妈自找。”

“可是她是真的喜欢你呀。还不知道你叫啥名之前她就爱在上操或课间时看你，放学后还偷偷地跟过你，只是不敢上前和你说话……我觉得她没做错什么，你为什么老对人家那个样子？”

“我哪样了？”

“爱答不理，若即若离呗。”小女孩噘着嘴，为她的朋友叫屈，然后充满深情地回忆起过去，“那时候多好啊，真没想到会搞成今天这个样子。”

我说我也没想到，想不到的事情多了。

“她让我告诉你她不怪你，也希望你别记恨她，”高雯说，“原谅她。”

“我从始至终就和她没任何瓜葛，谈不上这些。”我笑笑说，然后又补充道，“不过这结局我倒是挺满意，没想到我现在也能毁人了，想想还真挺有意思。”

女孩瞪大眼睛看我，好像我是只睡被窝里的刺猬。

“敢情毁个人这么容易，竟完全在不知不觉中，”我接着说，

“要是下回我再长个心眼儿，成心毁谁一下，那得什么样啊？”

小女孩对我的话摸不着头脑，说了句“我瞧不起你”就跑开了，我却对我所陷入的某种想像独自有些悠然神往，它因类似于某部言情小说的情节而显出一种感伤凄凉的美。

19

那年，我在学校得了一个处分。处分公告贴在学校宣传橱窗里。我记得上面是这么写的，照抄如下：

> 我校高二（五）班同学丁天，自入学以来表现一贯不好，在校内打架，和同学搞不团结，旷课多节，和低年级女生传条约会等等，影响极坏。班主任王克坚老师多次对其苦劝，循循善诱、谆谆教导，该生却置若罔闻，屡教不改，并对老师态度粗暴。为正校纪，并帮助其本人认识错误，特给予记过处分一次。
>
> 特此
>
> 校教导处（印）

应该说上面所说的大部分都是正确的，那个处分很合理。

我说过了，我十七岁时并不是个讨人喜欢的孩子。如果今天的我和昨天的我重逢，我肯定也不会喜欢那个更年轻的自己。他实在过于固执，而且自以为是，脾气暴躁，情绪反复无常。我记得处分贴出来的那天是个雨天，校园里景色朦胧。我无心听课，扭头去看窗外的雨，淅淅沥沥地一阵下一阵停，就是不见晴。我记得当时我的心情并不太坏，因为处分对我来说是早晚的事，那就像一个人眼看着一个大棒子向自己打来，害怕的只是那一瞬间，而打过之后便只有麻木了。我记得当时我心里只有一种像刚刚洗完了澡、换了新衣服然后发现自己无所事事的那种没着没落的心情。

20

我记得我和徐静分手的那天也是一个雨天。北京的夏天雨水多，而且说下就下，因为这个，我回忆起那段往事时，心情也总是湿漉漉的。现在我看见那天徐静打开屋门看到了浑身上下已被淋得十分狼狈的我，我还看见徐静拿了条毛巾在擦我的脑袋。她的身体紧靠着我，她的一绺头发被我的头发蹭湿了，贴在了脸上。她的身体是那么温暖，慢慢让我的身体发热，慢慢把我的身体烤干。现在我想不出来为什么我会在那样一个雨天去找徐静了，而且身上还不带伞。也许那并不是一个雨天，也许只是因为徐静提到了那个处分布告，让我想到了那天的雨景。

徐静说："怎么回事呀你！"

我故作轻松地说："我也不知道，就那么回事吧。"

徐静说："可你不能不承认上面说的都是真的吧。"然后她几乎是背了一遍我的处分词。一半是真心替我担忧，一半像是揶揄取笑我。

我压抑住自己的气愤，说："你别再提这事了好不好？有许多事我永远都不愿再去想了，这就是一件。"

徐静说："可是你不应该总是逃避，你应该承认失败面对现实。"

我说："我就是想逃避，不想解释。"

徐静叹口气，说："不知为什么，和你在一起总有一种很不实在的感觉。"。

我说："有时候我想起来也觉得不可思议，像一场游戏一场梦。"

徐静说："我觉得你做的许多事都无可理解，你是想证明你和我们不一样是怎么的？"

我说："本来我就和你们不一样，我干吗要和你们一样！"

现在回想起来，那时候的我还是个内心自卑的孩子，那种自卑感像个影子似的跟着我，暂时忘记抛开后，它会更固执地对我跟踪追击、如影随形。和朋友们一起时也一样，很开心时，一想到自己的处境便又觉得一切索然无味，十分没劲。现在我重新看到年轻的自己在徐静面前的自卑感卷土重来，愈发膨胀。我双手搭在一起，头垂在手上，心里默默体味着自己自卑与自尊的冲突，它们既矛盾又统一。

徐静说："难道我们不是你的朋友？不值得你信赖？就说你和你们班那孩子打架的事吧，经不住事还老招事，事来了就傻，这次长教训了吧。"

"别再提那些事了！"我突然喊了起来，"少他妈烦我，滚蛋！"

徐静被我吓了一跳，怔怔地看我。

"噢，对了，这是你家，还是我滚吧。"我感到很狼狈。

"你干吗去？"徐静忍着笑叫住我，笑容消失后脸上又显出一丝不安。

"你甭管，反正以后我再也不来你这儿了。"我说。我讨厌她的笑容。

"你等等。"徐静站了起来，嘴嘬成球状然后又松开，沉默了很长时间，说，"你是怎么想的你就直说出来吧，最终是要说出来的，晚说不如早说。"

我冷静下来，想了想说："我总是觉得很不安……希望我们是从前的那种好朋友，而不是……我想我们彼此冷静一段时间，现在，就像两个不会水的人各自为战瞎扑腾或许还有救，绑在一起就算有一个水性极好最终也得一块儿沉下去……"

徐静说："你别说了，我明白你的意思了。其实呢，我有时也有这种想法，你不说我也早晚会对你说，还是让你给先说出来了。"

我说："有时候我特别害怕，不知道自己对你会做出什么事。"

"我其实也害怕，"徐静说着嘴角有些抽动，"我不知道我们之间会不会出事会出什么事，其实我比你还害怕。"说完就真的咧开嘴哭了起来。

我不忍去看她，转头去看窗外。外面雨依然在下，雨点打在玻璃上，往下流出了一道道水痕。我拿起她床头一只毛茸茸的大玩具狗不停地摆弄，把狗挡在我的眼睛上。我感受到了徐静身上的气息。拿下来时，狗肚皮上被我的头发沾湿了一块，像刚撒过尿似的。被淋湿的衣服依旧没干，贴在身上，叫我感到了冷。

过了一会儿，徐静像个想用哭泣换取玩具的小孩一样，见没人搭理，自己止住了哭闹。她擦擦眼角，从抽屉里拿出了厚厚的一摞东西，有她的那个日记本还有我给过她的生日贺卡和一些秘密传递的信。我奇怪我给她写过的东西竟是那么多，不知该怎样用时间来计算。

"日记本我对你说过的，本来早就该烧掉，没忍心，留到了现在，唉，总是心存幻想，现在当着你给它烧了。这些呢，还给你，就让我们以后的日子像我们最初相处时那样，什么也没发生，大家还是好朋友，好吗？"

"好，不过要烧就一块儿烧了算了，留它干吗。"

"好吧。"徐静转身揭开屋里那个冬天烤火用的炉子，"放这里烧吧。"她说着打开盖子，把东西塞了进去。一瞬间，我想起了有一年寒假我们围坐在炉边一边烤火一边聊天的情景。

“这火柴不好使，怎么划不着啊？”

“真笨，我来帮你。”

“不用，我自己能！”徐静甩开我的手。她划着了火，点燃了其中一张纸，小心翼翼地将火生旺。一张张纸变成了蓝色的火苗，当火焰燃烧到最旺盛时，呈现出一种怖人的苍白，往上直蹿。“多像是一片片飞舞的黑蝴蝶啊。”徐静看着这一切说，“真想再烧点什么。”

“一切都结束了，是吗？”火灭了之后，她叹口气，问我。

“没事我就走了。”我犹犹豫豫地说。

“你着什么急啊，再待会儿。也许我现在已经没有资格对你说三道四了，可我想劝你一句话，我烧掉的只不过是日记和信札，而你烧掉的是你的生命，以后你不要再把属于你的每一个日子都白白化为灰烬了，好吗？那天我看讣告时就想这难道就是我认识的丁天？真不知道初相识的你，如今究竟到了哪里。这个感觉总叫我阵阵心痛。为什么见到你时你总是那么一副混日子的样子？你真正做到了什么？”

“其实我一直就这样。”

“不，你原来不是这样，至少在我记忆中你不是这样。”

“你不了解我，其实我不是在浪费自己的生活，我只不过是有自己的人生准则罢了。”

“我了解你，真的，没有一个人像我这么了解你，你总是在逃避，没有勇气面对现实，你以为自己无所谓你就能永远保持不败？你能这样一辈子下去吗？生活中终会出现让你无能为力的事，总会有达不到的目标，你该怎么办呢？终有一天你会尝到失败……”

我有一种想拥抱住徐静的冲动，费了半天劲才忍住，只是轻轻拉起了她的手，低头作停滞状地陷入沉默。

“……算了，不说了，若你能明白的话你早该明白了。”

“谢谢你的劝告，”我站起来，“我该走了。”

“别走，”她抱住我，“最后再吻我一下吧。”

我没拒绝，长时间接吻，然后互相看着不说话，反复了许多次，我舍不得放开她，最后我费了很大的勇力才推开她：“以后不能再这样了。”

“外面还下雨呢，雨停了再走吧，这是最后一次了。是不是真的不再来往了？”

“我也不知道。”我摇摇头。

我走出徐静家的小院，她也跟了出来。骑上车，我故意头也不回一下，我不知道她是否在后面看着我，雨中的她一定很动人，那种可怜兮兮的样子叫雨一淋肯定叫人受不了。到了胡同口我终于忍不住回了下头，门口却没有人。我失望地在雨中发了会儿呆，呼吸着清新的雨腥味，我有一种被扔在了这里被困住的感觉，像掉了队的红军战士，四顾茫然，无法排遣的惆怅在心头徜徉，叫人无所适从。

21

事隔若干年以后的一天晚上，也是一个夏天。我刚刚和一个女孩看了个夜场电影，散场后独自回家，走过一条久已没走过的熟悉的小街，街的拐角处有一个小烟摊在昏黄的路灯下尚未收摊，我上前买了包烟，突然间想起了什么。这条街、这个烟摊、街两旁尚未拆迁的平房和胡同以及路灯打在地面上我模糊的影子是如此熟悉，一切未变，恍若一梦，多年前我曾和一个女孩手牵手走过这里。我拿了烟接着往前走，走到一条排了一溜垃圾筒的胡同口我拐了进去，在一个小院门口停了下来。往事如昨，那小四合院的门叫我恍然记起了某位前人的诗句。我围着门板试图找到从前我们自行车轱辘撞过的痕迹，然而什么也没发现。我不知道该不该敲门，不知道来开门的是不是个女孩，我推门进去是不是就能迈腿走回从前。我知道徐静后来考上了大学，不知她现在是否在家。我在门口发了阵子呆，想捉住一些往事的影子，却被两个戴红箍的人捉住了。

"嘿！你站这儿干吗？"

"不干吗。"我反感地说，希望他们不要打扰我。

"你是这儿的吗？"

"不是。"

"看你也不是。这儿的人每天来来往往，我门儿清。"

"我找人，这儿是不是有一个叫徐静的女孩？"

“谁？没有，没这人。”

他们大约怀疑我是小偷之类的人，帮我敲开后，从里面出来一个穿大裤衩子的委琐的男人，先是面带恐慌，知道原委后则气呼呼地嚷嚷：“干什么，干什么，没这人！”我问他是不是刚搬来的，他说不是，然后砰地关上门。

那些“夜游神”把我带到了胡同口的一个什么值班室，没想到里面一个“守夜”的老头竟说他知道徐静，说是徐静家的老邻居兼世交什么的。他告诉我说那女孩考上大学后就搬了家，搬到近郊一个单位的新建居民楼，女孩大学没上完后来出国了，“去年她还跟她爸一起回来了呢，还回来专门看了我呢，是个好丫头”。

“她去哪国了？”

“你到底是她什么人呀？”

“我是她朋友。”

“哦？你怎么变样了？上回我看的那小伙子不是你呀？”

“大爷您想哪儿去了，我和她是普通朋友。”

“那你一直在干吗？怎么对她的情况一点不知道？”

“我也一直在国外，思念故乡就又回来了，海外赤子。徐静是我的入党介绍人，和党组织多年失去联系，心里没根儿呀，回国寻根来了。”

老糊涂一直在干喝一瓶“二锅头”，喝得晕晕乎乎、吭吭哧哧地说：“好好，回来就好。”

“还是故乡好啊！北京变化真大，都认不出来了。”

“大！变化大！好好。不想再走了吧？”

“不走了，就在这儿混了。”

“你去的是哪国呀？”带我来的那二位蛮认真地开口问我。

“非洲，埃塞俄比亚，那儿没什么家用电器，连吃的都没有，净挨饿了。”我说。

“你要是不想走想逗贫，那我们就留你一晚上，让你逗够了！”那二位突然变脸，“瞧你那痞子相也敢冒充高等华人！”

我被他们轰了出来。

路上，我回想起了我和徐静分手的那一刻。在那一刻，我所失去的在我以后的生活道路上一直没有找回来——那最初最单纯的爱。可是我却怎么也想不起我为什么要和她分手了，我不明白是什么理由让我离开她并且最终形同陌路。

我想那时的我大约是想做个坐怀不乱的柳下惠或是石秀什么的那种人，可事实上，我却更像是一个《聊斋志异》上那种易于受女妖诱惑的穷书生，在内心里我对女人既恐惧又怨恨。对于徐静，其实在我第一次吻了她后就开始讨厌她了，并且在吻她时就想到了要离开她。当我们嘴唇相触的一刹那，那种幸福感尽管强烈得令人震撼，但与此同时另一种感觉也悄悄升起，并且像洪水猛兽般势不可挡地向我扑来，最终将我淹没。我像个王八似的四脚朝天地翻了个个儿。

现在如果我承认那时的我心里确实存在着一些变态心理的

话——我觉得女人对于我是一种磨蚀——那么，如同现今的人们对于金钱的态度较之上个世纪五六十年代有一百八十度转弯一样，我那种心态早已没有了，只是我不明白我那时何以会有那种变态心理？！唉，假如当时的我和徐静能真的像某些言情小说所写的那样跳跃出我们所处的生存环境该多好哇，如果是那样，那该是一个多么完美的爱情故事。

最后一次见徐静是在高考之后，我下了很大决心去找她，推开虚掩的门走进去时看见她正在收拾东西，把课本练习册什么的一样样成捆地打包。见我来了她没说什么，只叫我坐下。小屋依旧没什么变化，只是地上多增加了些“废纸”。我问她考得如何，显然她不愿意多谈，一般般地应付我，令我坐在小屋里不知到底如何是好。我知道我们之间已有了距离。我问她这是干吗，她说准备卖废品。我问她如果考不上不准备再考第二年吗？她平淡地说我记得跟你说过，我就考一次，考不上就去自杀，说这不是玩笑。我便不再开口。随后我起身告辞，她坐着没动，嘴上说：“不送了啊。”

而在高三那一段，我和徐静就没见过几面。我们的朋友圈分裂成两拨，我和黄力、刘军、齐明形影不离。徐静和刘小安、小崔以及他们后来发展的朋友有了新的朋友圈。后来黄力和高雯好像也没关系了。算了，没意思，说点有意思的事吧。

22

在我的记忆中，有一幅场景同样和雨和徐静有关。我一个人站在护城河的水闸边，四周没有一个人，只有一片雨雾。雨点打在河面上溅起了一圈圈小水晕。我孤零零站在雨里，被一种落寞的情绪左右。我不知道是我冷落了生活还是生活冷落了我，致使我被排挤到了这看不到一个人的悲凉的城市边缘。我想到我一直是生活在某种欺骗中，被一些熟识的面孔欺骗过后再去欺骗另一些熟识的面孔。在那一刻，我深深地感到面对自己我无能为力，面对身外的世界，我更无能为力。

不知过了多久，一个女孩轻轻地来到了我身边。“我一猜你就在这儿。”她说，手里打着一把花伞，站在我旁边为我遮住了雨。雨点打在伞上，叮咚有声。

我看她一眼，没有说话。我们两个人站在水闸栏杆旁都沉默不语，各自想着自己的心事。我忧伤地想起过去我们两人常在一起玩的一种算命的纸牌游戏，不知道那时候是否从那一系列的排列组合中已经预示出了我们的命运。也许真的有命运这类东西，它早已安排好了一切，而人无法抗拒。想到这儿我感到气馁。

“你还记得那年夏天吗？也是下着大雨在这里，从那时起他就走进我心中，我一想起他淋雨后那狼狈的样子就想笑……为什么会是这样，总是下雨……”

“……”

“没想到最终会是这样，那时候我们常在一起设想彼此的分离，总以为会很沉重，仿佛会像岩石一样压在各自心头，一生一世再也无法搬动。真的来了却一点不一样，只是心情怪怪的，想起过去的事还那么有趣……”

“……”

“其实我一点也不怪你，而且今生今世我都不会忘记过去那些故事，不会忘记你；我心里其实还非常感谢你，感谢你曾经那么多傍晚陪我一起骑车回家，感谢你总那么宽容地听我叹息，安慰我，给我快乐，真的，谢谢你……不过，假如有一天你真的爱上一个女孩，请你一定要真心待她，别只留给她短短一段回忆，不要做些让她绝望的事情……”

“别说这些了。”我说。雨水叫我感到浑身发冷，手掌心上有一种受凉后的痒痒的感觉，可心里却热乎乎的，有一种东西直往上涌。雨水顺着头发流进了我的眼睛，擦了几次无济于事，冰冷的雨点显得很固执。我的眼睛被煞得模糊起来，有一种东西驱散不开。

“我们之间是不是曾有一些美丽的时刻？假如时光永远停留在那时该多好。第一次打一个电话要半个多小时，第一次通过电话筒来听一首歌，第一次那么不安那么小心翼翼地拨一个电话号码，在公用电话间那嘈杂的环境中紧紧抓住话筒，听着遥远又清晰的声音。你不会记得这些事了吧？想起来我真觉得自己好傻好傻，那时候我总对他说有一天我肯定会离你而去在一个最美丽的时刻安静又祥和地离去你会难过吗？他说肯定会的不过你能去哪儿世界也不大总能再见着。我说我去另一个世界不过留下你一个人悲伤难过我又不忍心你肯定会为我哭吗？他说肯定会不过你别死死多没劲呵。”

“别说这个了，多没意思啊。”我叹了口气，却也不知该再说些什么。一切变得无法挽回，只有往事将烙在心灵创伤的十字架上，永远不会被抹去。

“真的，那些日子你给我带来了欢乐。也许在以后，岁月流逝的许多年后，我还会记得，而且清晰如昨，听到那时的老歌会勾起过去与那歌声一起度过的日子的回忆，这就足够了。唉，多少个我的第一次啊，都给了你，也许你是无所谓的，世上只有我一个人那么看重那原本不存在的东西……”

“别想那么多了，一切不过是……那么回事儿。”我说着，伸手搂过了她，她的胸脯剧烈地起伏，眼泪汪汪地抽泣起来，大颗大颗的泪滴从眼眶中滚落下来。

后来我没想到徐静会突然发作起来。她收起眼泪后就急了，像是刚刚明白了一件别人早已知道的事。“刚才我烧那些东西的时候你为什么不拦着我！？你为什么不拦着我？！为什么为什么？”

我惊愕地看着她。

“我以为你会拦我的。我以为一切只是玩笑。你这个大混蛋！”

“我……”我害怕了，真的害怕了，她那种样子真是叫人害怕。

“滚！滚！滚！”她挣开我，向雨里跑去，像是跑进了一幅电影画面，一幅记忆中的电影画面。

我本想追上她，可我四肢无力。我被她吓得瘫软了。为什么会是这样？

后来徐静跑入雨中，在我的视线中消失了。在我的记忆中她也就从此在我的生活中消失了。她雨中的背影在我眼前不断晃动，让我无力追赶。我一次次在梦中说服自己，在这以后我看到的徐静仅仅只是她从前的影子。

那年夏天，那个雨季，留在我心中的是一个秋天的印象，很冷，很孤独……

23

那一年，我被自己的内心所折磨，晚上常常噩梦连篇，白天想起来仍然心悸。我梦见自己在什么地方杀了人，有时又是强奸，反正罪恶滔天，民愤极大。一干完我就立刻在梦中后悔了。在整个过程中，我的犯罪事实及状态显得十分模糊，给我留下强烈印象的是我在干完那些事情后所感到的畏惧。我不停地掩饰自己的罪行，然而最终未能逃脱恢恢法网，临刑前，我内心十分痛苦，我记得在梦中的我好像总有一种使命感——非常执著地要去干成一件什么事，然而我却再也没法做了，没机会了。在那种撕心裂肺、摧人肝胆的痛苦和自责中，我期待来世，同时心里也清楚，没有来世。我已经没有机会了，可怕的是在梦中某些世俗秩序的成规依然存在，比如说我不会飞也不会变，我只能去接受我的终极命运。这些梦魇十分顽固，及至半梦半醒时我仍相信它确确实实发生过而悄悄地为自己流泪。完全醒来后，我才知道我不过是做了一个荒唐的梦，有种婴儿新生或劫后余生感但身体十分疲惫。

我打开台灯，坐起来惊魂稍定，看看自己匀称结实的躯体，暗中庆幸自己并未因一时冲动、糊涂而把自己毁了。我想到自己仍然很年轻，尽管说不上堂堂正正却依然是个清清白白的人，如果我想做点什么事，完全可以从头开始，把它干成、干好。这很让人振奋。梦中的我想做的那件事是什么呢，使我如此牵肠挂肚？我一点印象也没有。想到自己无非是让青春平庸逝去，我不禁黯然神伤。我不知道我能做些什么，我该做些什么。我又想到也许我七老八十的时候没准还会做这样的梦，那可就真的晚了。那时候我再一次被同样的噩梦悸醒，会是什么样的心情呢？

我擦了擦眼角的两滴清泪，倒头又接着睡去，继而又被一个噩梦魇住。冥冥中，我感觉自己仿佛走在了世界的边缘，一边是草地和花的童话世界，一边是万丈深渊，我无法进入两个世界的其中一个，只有提心吊胆地站在中间一道窄窄的夹缝上。梦中的我跌入了万丈深渊，我没喊救命是因为我知道没人能救我，也没人会来救我。我算得了什么呢？还是自己救自己吧。我从迷糊中清醒过来，对自己说，别担心，这只是在做梦罢了，便又接着睡去。现在我终于知道了一切都只不过存在于梦中罢了。所有的美梦噩梦终将会醒来，所有的梦也都会继续，也都会永远重复——从生到死。梦中生死歌哭，醒来会全无记忆；醒时歌哭生死，梦中则物我两忘。有时候我真想永远躲在梦里不出来，在那个世界里没有时间地点没有过去将来，甚至现在，没有发生也没有结束只有一种无知无觉的永恒状态，关键是不管你干了什么你都无须负任何责任，无论是你伤害了别人还是别人伤害了你，你都无须计较，因为那一切都会转眼过去被另一个梦所代替，而醒来的时候，不管你在梦里曾经历过什么，你都不会记得，就像一个新生的婴儿一般。那感觉要比醒着时好得多。我深信那是一个世界，一个真实而纯粹的世界。

有一天早晨起来，为了忘掉一个倒霉的梦，我决定手淫一下。窗外走过了几个穿裙子的女孩，可在我眼中那只是秋天飘落的几片枯黄的树叶。那种时候，我只能以那种方式表达我的孤独与绝望。那个梦和徐静有关，在梦中，我被无形的怪物所追逐，和她一起手拉手无目的地奔跑，跑得很累。当我们终于明白应该分开，由一个人引开怪物时，怪物消失了，徐静也消失了。孤独地处在迷宫中的我因再找不到她，找不到自己而茫然不知所措。我被梦中刹那间的温情所感动。现在我看到那个多愁善感又不曾经事的孩子躲在被窝里哭了。徐静，现在我想对远在大洋彼岸的你说，如果我能重新再活一次，我宁肯抛弃一切也要选择你，而不是像当年那样选择手淫，选择课堂，选择未来，选择服从那些混蛋们的淫威。其实当初你和我一样感到害怕，你也做出了和我一样的选择，但你现在肯定在庆幸你当初的选择，对吗？我再也没有机会看到你的身体了。干完之后，我重新爬上床，用被子深深地埋起了我的头。很久以前我就有这么一种愿望，找一个没有人打扰的角落大哭一场，把我积蓄多年来的泪全都流干。

24

那一年的那个暑假，我几乎从不出家门，天天待在家看书，看电视。我觉得那个夏天既炎热又漫长。打开电视，新闻上表现的世界局势动荡，劫飞机搞暗杀小打小闹不断，人命如鸡，但那与我无关，国内则是庄稼长势喜人，和我关系也不太大。看足球时我不再爱看精彩的射门，而喜欢看那些失球后的守门员，或被判罚出场的队员，体味他们慢慢爬起或走出场外的沮丧和悲哀。我对他们个人情绪的关注超过了对纷纭世事的关心。我觉得在我的生活中，我也同样被亮了红牌，同样没能扑住那象征命运的射来的皮球。

有一个黄昏，我走下楼。楼群之间有一块草地，草地上有几个不大点儿的小女孩穿着好看的花格裙子正在跳皮筋。我无所事事，便坐下来，在一边的石凳上一动不动、专心致志地看她们跳，心里空空荡荡，没有任何其他念头。不知是哪家在放录音机抑或是我产生了幻听，似乎有一首童年时熟悉的歌谣旋律在耳边萦绕。小女孩们正玩得高兴，一边跳一边口中念念有词：昨天出门买菜，花了一毛一分钱；今天出门买菜，花了一毛二分钱；明天……嘿，一天涨一分钱，不知是菜出了毛病还是钱出了毛病。我想起从前的另一种游戏，也是一边玩一边唱词，但词我想不起来了，不会唱了，游戏规则也忘得差不多了，好像是不准动什么的。只记得我总是忍不住要动，往往第一个被淘汰下场，然后站在旁边一动不动地看着那些没坏的小朋友一动不动……

小女孩们大约发现了我在注视她们，都不跳了，远远地瞪着我。不一会儿，一个稍稍胆大的冲我走了过来，说："喂，你怎么了？"

我回过神来，才发觉自己不知不觉地流了泪。莫名其妙的是自己竟一点感觉没有，只是泪水滑到了嘴巴里才感到淡淡的咸味。

"没事，你们接着玩吧，"我洗洗脸说，"你们玩得真溜儿。"

"那咱们一起玩吧，"小姑娘高兴了，"你来帮我们撑皮筋。"

"不，你们玩吧，我在边上看着。"我说。

不隐秘，不能成为花

她们是让我迷恋的肉体。她们肯定是同一个人。我在深夜仔细端详熟睡的女孩，得出如此结论。

她有轻度的自闭症，喜欢穿着白色衣裙，静静地躺在水边，或者花丛中，宛如安详的死去，或者甜美的小睡，是一种婴儿未出子宫的睡姿，一刹那，她的姿影被摄入安置在远处的镜头。

静谧的纯白的悄无声息的瘦弱骨感的美丽，她看上去像是只能用文字才能创造出的人物。或者某部日本电影中的某些时刻，雪中独自行走的年轻女子，面对着远处的群山大声呼喊，惊醒了时间另一端某一个即将悄然告别世界的女孩。

她们，来自不同的城市，有着颇为相似的性格，遇到了同一个男人。她喜欢他，她们彼此并不知道与自己极为相像的另一个她的存在。不是所有的情节，都如同电影那样会慢慢走到最后，在《追忆似水年华》的夹页，发现那个可有可无的小小答案，然后轻轻一笑。

该停就停下来，安静地书写自己的内心。她把这句话说给他听。他想停下来，又不甘于被羁绊。他不想错过，却不知能停留多久。或许，每个人都在冥冥中苦苦待命，假装有着一份沉睡或清醒的从容。

就是那样的一个女孩，固定了我的青春。少年时，我和她，彼此填补寂寞时光。一切都是在不安和匆忙中进行的。谈话可有可无。进入她身体时，她脸上总有一种要哭的表情。她当年的样子给了我如此深刻的印象、端庄、安静，不太爱笑，矜持得体。

某年夏天的一个下午，大约两点半钟左右，我偶然骑车路过女孩从前的家，在慧安东里的那栋居民楼，我明知道女孩已经搬走了，还是忍不住停下来，朝一间有遮阳伞的窗子眺望了一会儿。我想如果时间能够倒退的话，这时候她可能在午睡，也可能在看书，有时候她会站在窗前朝下面的街上无目的地张望一会儿。我那时候就曾经在那个窗口朝外张望过，街上懒洋洋的，就像现在一样。但我说不准后来从那里看到的街景是不是和从前一样了，许多事情会使情况发生变化，就像那个窗口里的女孩已然生活在了另外一处空间里，变成了少妇。

夏日午后的阳光晃得我有些眼花，恍惚间我似乎又看到从前女孩站在我面前，低头去解裙子的纽扣的情景。她做得是那么认真，那么小心翼翼、一丝不苟。当褪下裙子露出光洁的身体时，她像是个邀舞的斗牛士似的转了个舞步，手里的裙子像是件能勾起公牛狂热欲望的红披风。我想起这些依稀往事的时候，心里不觉有一种过眼云烟的感叹。

“好看吗？”她说着做了个造型，然后把手里的裙子扔到了一边。

“好看。”我说。那时候她身体的曲线，让年轻、无知的我对女性充满向往和崇拜。

现在，我回想那段往事时，深切地感到那一切都仿佛是一种舞台剧的表演。我和她，每次见面都像演员登台似的毫无情趣地演着同一个固定程式的情节。这种无意义的重复最终败坏了演员们的胃口，导致了这出戏的永远停演。

写作以后，我常会回忆起从前，怀念那些逝去的青春飞扬的日子，那些旧日情感让我觉得幸福又伤感。

我是多么渴望叙述一个超完美的爱情故事。在年少时，生活、工作、学习几乎全是无可奈何地被选择着，只有爱情让人目眩神迷，让我们主动出击、奋不顾身、舍生忘死。那种和我们的青春相匹配的浪漫曾经让我在心底是多么羡慕啊。

分手的那一次，我像往常一样走到女孩身边伸开双臂从后面抱住她，女孩挣开了我，跑到窗前，低头沉思，然后异常平静地说：“不，我再也不和你那样了。”

“怎么了？”我说，然后若无其事地走过去，再次抱住她。越过她的脸，看到窗外灿烂的阳光和在阳光下无意义地走动的赶路的人们。他们与我一窗相隔，却如同生活在两个世界里。我无所事事，做着危险的爱情游戏。我伸出一只手，拉上了窗帘，室内顿时变得暗了起来，柔和了起来。

女孩挣开我，重又拉开了窗帘，说：“我喜欢阳光。”

显然在阳光下你没法做罪恶的勾当。我只能一本正经地坐好，在阳光下一本正经地说了些正经话。

黄昏时，从女孩家离开时，她突然叫住我，然后，把一块手帕蒙在了我嘴上，轻轻吻了一下手帕。我被她这个举动弄得有些莫名其妙，反应过来时，已经被她推到了门外。后来我敲了近半个小时的门，直到她的邻居开门张望我才罢手，怏怏不快地下了楼。我的心像楼道一样，空荡荡的，感觉很不满足。

不知道为什么，每次和那个女孩分手，内心总是充满了莫名的犯罪感，内疚、痛苦，不知如何是好。

多年以后，她们变换了无数面孔后，这种感觉依旧没能完全消失。

那时候，我还具有少年式的好奇心，强烈希望跟不同的女人做爱。长大以后，这种好奇心多少消失了一些。当然，也没好到哪里去。

忘了哪个女孩这样对我说：“阳光下你像天使，黑暗中你是恶魔。”

和那个女孩在一起时，我常常想起的是自己曾在阳光下的故事，虽然内心深处暗恋着黑暗中的激情。

欢乐颂

1

到了1990年，生活突然小有乐趣，时间变得可以自由掌握。上班的和上学的朋友突然间不想再上班和上学了，节约下来的时间可以让我们做一些更愿意做的事情，比如打牌、喝酒、泡妞、刷夜，甚至读书和思考人生。

那一年也真是怪了，突然就有了很多女孩。在大街上和女孩搭话，竟然常常能够一拍即合，而我们其实做好了充分准备被人家翻个白眼，然后骂一声“流氓”的。

那些女孩被我们喜爱，被我们尊重，她们看上去虽然有些大大咧咧甚至疯疯癫癫，但是，绝不假正经。这一优点可以使我们不用在她们身上花去太多的心思和精力。

还有一套房子。房子是齐明家的，在东四那边的一条胡同里。现在，那条胡同的名字我已经想不起来了，但那两间让我深深怀念的小平房却永远留在了记忆的最深处。在那里，刘军和江彤终于结束了精神恋爱，摇身一晃变成了无法被拆散的“小两口”。齐明也是在那里第一次做成了他一直想做但又一直不敢做而每个人都天生会做的那件专门折磨人的累神事。对于管飞和许梅来说，房子的意义则是他们找到了安全感，不用在校园里东躲西藏打游击，也不用再害怕我们教导主任专抓男女学生办事现场的白色恐怖。

1990年的初夏，随着意大利世界杯赛的举办，空气中漂浮着爱情的怪味道。我们聚在一起，逃学、旷工，喝啤酒、看足球，把现实的秩序忘在了一边。时间任意挥霍，多得让人不知所措。

这伙人里，我和刘军齐明黄力是中学同学，管飞是我在海淀区那所三流破大学新认识的哥们儿。黄力是我们这一伙人由傻逼同学关系最终变成了一个小圈子的有功之臣。黄力的父母在他上初中的时候离了婚，给他留了一套两居室的房子，等着他慢慢长大，以后结婚娶媳妇。他爸在某单位管点事，重新结婚后又弄了套房子，他妈虽没什么姿色，后来也重新嫁了人，所以黄力那儿成了个“三不管地界”。除了他那个色鬼老爸有时候带个小蜜去鬼混一下，其余时间基本都被我们占据了。

最开始，我和黄力是最要好的朋友，常常去找他玩，后来臭味相投的人就越来越多，渐渐地成了每个人和每个人都是好朋友的小集团。后来我和黄力反倒在情感上越来越疏远。

我和黄力产生隔阂是因为林雪。说起来挺没出息的，无非是一些暧昧的感情纠纷，都是些解释不清的事。现在想想，似乎那些问题应该是处在青春期的除了爱情一无所有的孩子们混在一起必然出现的结果。

2

上学的时候，林雪是我们学校的女才子，小范围的影响程度相当于后来社会上的“美女作家”。高一那年，因为她的一篇写学生题材的小说被一家青年刊物采用了，从此她在我们学校出了名。我记得我们那个傻逼校长就曾在一次校会上自豪地说：“不久的将来，我们学校肯定会出一名女作家的。”

十六岁那年，我、黄力、林雪三个人常常坐在护城河边一起谈些当时热血沸腾现在想想觉得莫名其妙的问题。当我把持不住自己向林雪表达了爱恋之情时，林雪却突然变得对我冷淡起来。

黄力常常对我旁敲侧击，劝我不要自找苦吃，不要破坏我们三人本来挺和谐的友情，我的一意孤行使我和黄力之间出现了些微妙的变化。现在想想，一些蛛丝马迹表明林雪大约最初和黄力有点儿意思，也许没有，至少我当时没有看出来自己其实才是一个“多余人”，但我追林雪是明的，黄力和林雪那点儿意思是暗的。黄力嘴上不好表示，但心里肯定极不高兴。想到这些，从前困扰我的那个类似“何以赵家的狗会多看我两眼”的问题也就释然了。那是一次聚会，黄力借着酒劲极认真地对我说：“有一天你看上了哪个女孩我一定把她戗过来。”

这句话后来竟真的应验了。冯苹多年以后成了黄力的老婆。

提到冯苹就得提到刘军的江彤。她们作为一对形影不离的好朋友，即使在和刘军谈恋爱时，江彤也常常要带上冯苹。那时，刘军又总是和我在一起，给我和冯苹造就了很多机会。

1990年的时候，当我们把据点转移到在东四的那两间小平房时，冯苹频繁跟着江彤一起造访那里，弄得刘军想干点私事都找不到时间，只好陪着她们一起聊天。江彤和刘军的意见一样，希望我能够施展一下魅力，让冯苹在神不知鬼不觉中把注意力从江彤身上转到我身上，也就是，从友情切换到爱情。

我使出浑身解数，带她去吃冷饮，看电影，玩碰碰车，冯苹把我的行为理解成了我对她的追求。其他人等也都一致这么认为。事实上，那一年，我还真是喜欢上了冯苹。他们认为得没错。

有那么几次，我和冯苹一起去东四那边，那些哥们儿不知干吗去了，总是不在。于是我和冯苹只得干坐在屋里聊天，等着大家聚齐。时间等久了，忍不住就开始了身体接触。行将破城时我却鬼使神差地想到这也许会影响她的学习，因而放弃了最后一击，心想，等到她上了大学或许也不晚。

我经常搞不懂女孩的心思，我认为我克制住了自己不健康的欲望，冯苹却对我的表现极度不满。她睁开眼睛，从床上坐起来，不但给了我一记象征性的小嘴巴，而且一脸委屈地夺门而去。那天，她一直从东四慢慢悠悠地走回了和平里，从她的背影看去，似乎满怀失落，正在满世界寻找迷失的自己。

关于这件事，以后我们没有再提起过，在一起时依旧是看电影、逛街这种纯为打发时间的活动，直到她高三学习紧张起来。

几年以后，冯苹在她大学三年级时莫名其妙地和黄力确定了关系。用刘军的话说："黄力把冯苹给办了，多逗呀，搁从前你能想像得到吗？"

"是挺逗的。"放下电话，我叹息说，"操。"

3

其实，我对待冯苹态度上的软弱和不坚定，根源来自林雪。那时候，和我真正保持着关系的女孩是她。

林雪为了躲避我而退出我们的小圈子后，和我一直形同陌路，互不理睬。直到毕业后，有一天我忍不住去她家找她，我们无望的爱情没想到又有了转机。

如果说林雪是我十六岁时狂热单恋的偶像，那么，在那天黄昏，我走出林雪的家门，坐在路边抽烟，回想刚刚发生的一切，我感到这个美丽的偶像已然被我亲手打碎。于是，每当想起那年夏天，我总是不由自主地想起尼采的一部哲学著作——《偶像的黄昏》。当然，我知道，这种联想确实是言不及义的。

偶像破碎之后并没有变成一堆毫无意义的瓦片或者烂泥（当

然，在所谓的破碎过程中有一刻通常是可以用“烂泥”来形容的，尽管有些不够严肃)，而是变成了一具真实的肉体。此后，我们保持了约一年的肉体关系。

肉体关系？这个词实在是太过冰冷了，可以改成爱情关系或者情侣关系吗？说实话这问题困扰了我很多年，真的是不能，因为从认识林雪到1990年秋天我们分手，再到现在，很多年过去了，我已经可以认认真真地说“我要回忆了”，我一直不能确切地知道她是不是爱我。从我单方面来说，我仅仅知道我十六岁那年爱上过她，内心里真心地愿意为她做任何事，当然，对于一个冲动型的血质少年来说，任何事里也包括死。可是，过了那个岁数以后，我们有没有爱这回事就变得越来越模糊了。

“我们之间算是爱情吗？”这是当时林雪每每要问我的问题。

“你认为呢？”我反问她。

这时候，林雪会沉默，转而说些别的事情，有时候则明确表示：“不算。”

在我们相处的日子里，每次会晤她总是忘不了问问我这个问题。我从没有正面回答过她，因为我常常怀疑那是她在问她自己。我想，对于当时的林雪来说，她肯定坚信她真正的生活还没有开始，还有更美好的人生与爱情等待着她。

或许在她看来，我们之间的关系实在是乏味之至。唉，直到今天，我依然固执地认为爱情这东西实在是件有损身心健康的事情。不提也罢。

说起来，如果没有林雪，我和管飞还成不了朋友。当时我不是旷课去找刘军和齐明他们，就是去和林雪约会，在校的实际时间相当少。因为常常不定期地失踪，我被他们起了个“老游”的外号，意即，不知道游哪儿去了。

我的行踪引起了管飞的好奇，他开始不断地追问我干什么去了，是不是去约会女孩。我只好如实回答，供出了我和林雪的关系。

管飞把我误会成了交游甚广的人，哭着喊着让我给他介绍个北京女孩认识。

4

在来北京上学前，管飞在安徽的一个小城市出生和成长。我从来没有去过那里，所以根本无法想像，甚至，如果不是因为他，这辈子很难说我会不会听说过那个地名。据管飞说那座小城市骑自行车半个小时就会兜一圈，姑娘长得都不怎么漂亮，矮子里拔将军，勉强有几个过得去的，最后也都跑到南边去当打工妹了。

所以管飞非常不喜欢生他养他的故乡，像所有外省小城市的出色青年一样，管飞一到北京，就深深地喜欢上了这里，决定把北京当做他精神上的故乡。

在老家，据说管飞的父亲是当地一位颇有些名气的农民企业家，相当有钱。这从上学时管飞的做派和衣着上一眼就能看出来。为了蹭他的“万宝路”烟，学校许多同学都跟他有点头之交，在校门口的小酒馆里也常常有管飞的身影。

管飞睡在我的上铺。因为我们学的专业都是考古，不时要和甲骨文打交道，所以那时候我们系的同学常常以“龟”字指代人名。比如：我叫丁龟，李朝阳叫李龟，方明叫方龟，陆成叫陆龟，如此等等。由于开学之初，我们共同推选管飞为我们宿舍的室长，也就是我们的头儿，所以，管飞不叫管龟，而叫龟头。

其实在女孩方面，这个龟头一直似乎没怎么闲着。管飞的可爱之处是，在他自己的眼中他非常可爱，于是，他认为在别人，尤其是在女孩眼中他也非常可爱。

据管飞自己说，他在一年级的上半学期就谈了四回恋爱，四个女孩子分别是上海的苏州的西安的和福州的，几乎遍及大江南北长城内外。

其中一个女孩还为他自杀了一回，具体是服药还是割腕则语焉不详。

另一次则是一个女孩追他追疯了，把他揪到教学楼顶，说不答应就要跳楼，吓得管飞后来躲进了厕所。女孩就叉腰堵在门口，俩人比耐性，最后管飞被熏得实在憋不住只好乖乖出来投降。

每当讲完这些，管飞就显得无可奈何地说：“我真不明白，怎么会有那么多女孩对我痴情？”

通常，我觉得他这些算得上是无耻的自吹自擂和玩笑有点无聊。在我看来，凡是那些生活在恋爱感觉中的人大都还怀着某种对生活的希望或者说朝气，而管飞给我的印象却是决不会穿戴整齐装模作样一本正经地去和女孩约会散步的，更别说人家追他了。那时候，管飞和我一样，属于那种被迫过着浑浑噩噩的日子的人，给我的感觉，就是有一个女孩脱得一丝不挂睡在他身边，他也懒得碰她一指头。

头一次听管飞讲述他辉煌泡妞经历的人会认为如果那些事情真的发生过，男女主角的位置也应该是互换的。就是说，因为得不到爱情而要自杀的人是管飞，把别人堵到厕所里比耐力的也是管飞。

他们一致认为被管飞纠缠过的女孩很可怜。

5

为了能够让我给他介绍北京女孩认识，管飞开始不断地找我说话，请我喝酒，由此，我们的关系迅速密切起来。

晚上，在关了灯的宿舍里，管飞几乎把他从小到大能够想起来的事全讲了一遍，倾诉欲惊人，几岁出的水痘，第一次单恋上的女孩什么样，怎样被中学时代的性感女教师骚扰。

引发我兴趣的是管飞第一次手淫的经历。十三岁那年，他们学校组织看一部电影，片名管飞记不住了，反正是一部相当正经的片子。里面唯一不正经的地方是出现了一个女特务，那个坏女人想利用色相引诱我公安人员下水。在银幕上，我公安人员抵抗住了诱惑，义正词严地拒绝了女特务，银幕下，少年管飞却实实在在地被敌人的美人计俘虏了。

我觉得有些不可思议，因为我第一次手淫其实也是因为看了那部片子。可见那部貌似正经的片子流毒之深。

管飞告诉我，当他在影院的厕所里看到自己喷薄而出的精液时，他结结实实地被自己给吓坏了。

“完了完了，”他想，“我病了我病了，我得性病了。要不要去医院？这事怎么开口跟家长和老师说啊？”

管飞告诉我，当时他真是死的心都有了。

由这一个共同点开始，我和管飞互相发现了我们更多的相似之处。对上学深恶痛绝，对我们所学的专业深恶痛绝，对我们的系主任深恶痛绝。接着，我们又发现了我们共同的爱好竟然都是文学。后来，我们常常不去上课，跑到学校图书馆里去读小说，互相介绍各自觉得必须得读的书目给对方。

作为友情的回报，我也谈到了我和黄力、林雪之间的少年往事。

管飞这样说：“我不认为这件事会影响你们的友情，真正影响你们关系的是，通过林雪，你和黄力在对方身上看到了自己，看到了另一个人与自己有着极深的相似之处。”

“不懂。”

“有些人是不愿意看到别人和自己相像的，估计你那个同学就是这样，尽管你们唯一相像的地方也许仅是看待女孩子的品味。”

“如此，这样的朋友确实是烦人。你总是会不自觉地喜欢上他爱上的女孩，难以自拔。而他呢，也常常对你的女友垂涎三尺。”

“不不不，”管飞连连摇头，“这才说明两人间友情的天然和牢固，像你和我，必定品味也是一样的，不过，我们绝不会产生不愉快的事的。”

“为何？”

“因为作为朋友，我会先让你啊。”

如此好听的话，让我颇为感动。不过，后来这个类似预言的关于“看待异性品味”问题真正出现时，我却没看出管飞有什么谦让的意思。

在 1990 年的春天，管飞疯狂地爱上了一个叫许梅的北京女孩。

6

自从有了许梅，管飞在个人卫生上有了极大的改观。他开始刮胡子了，开始换衣服了，甚至出门都要抹雪花膏了。半夜失眠，管飞也很少思考了，而是变成了擦皮鞋。

通常，他是坐在我的床沿上，用我的蚊帐来擦，后来在我的一再抗议下，他又改成了用我的床单。

他的皮鞋变得锃亮了，可我却在许梅的心目中留下了不讲卫生的坏印象。

许梅每回来我们宿舍，一坐到我的床头就皱眉。所以，当许梅和管飞要好到她开始为管飞洗衣服的时候，我毫不犹豫地把我的床单也一起塞给了许梅。

管飞是在一个特定的场景中对许梅怦然心动，一见钟情的。根据管飞的描述，那个雨中的白衣女孩也确实是让人由衷地喜爱。

校园里迷蒙着雨雾，没有一个人，天地间只有一个穿着白色衣裙、撑着花雨伞的女孩。这就是许梅给管飞留下的最初印象，从此也成了他对许梅永远的记忆。

说一下，我们友情的宿命在于，那个让管飞惊艳的女同学许梅，不但和我是小学同学，而且几乎是我第一个暗恋的对象。

上小学的时候，许梅是我们班的班长，座位在我的旁边。我不骗你，向毛主席保证，她确实是我暗恋过的第一个女孩。我刚上中学时，有一阵子总是不太开心。新的环境，新的同学，那种陌生感让我对从前的朋友非常怀念。晚上做梦，有几次，我梦到了许梅。当时的年纪刚刚进入青春期，所以那种苦闷，真正是莫可名状。

我们小的时候，许梅长得真的是很漂亮。在我记忆中，她拥有的是那种光彩出众的漂亮，所以她一直是我们的班长，当时都戴两道杠，有段时期又称作中队长。同时她还是我们年级的大队长，早晨负责升旗，做早操站在前面领操，红五月歌咏比赛负责打拍子。

“因为许梅长得漂亮，所以她是学生干部。”

如果一个小学生用“因为……所以”这么造句，一定会被打叉，这种因果关系实在荒谬，但事实上就是这样。

距离小学毕业六年以后，作为同年出生的一代人，阴差阳错，我们又同时考进了同一所大学。不是同班，也不是同系。当时的许梅依然显得非常出众，我曾在校园中见过她几次，但我们彼此却没有说过话，一则是确实找不到说话的正当理由，二则，六年没见，我确实很担心她已经认不出我了。

要知道，我一直是个不怎么吸引别人目光的人。

7

我和管飞在校门口的小酒馆喝了一夜酒，边喝边谈论许梅。天快亮的时候，我们制定出了如下计划：天一亮我就把许梅约出来，管飞等在校门口，然后我假装突然看到了管飞，邀管飞一起出去玩。

天亮后，管飞往校门口走去后，我等在女生宿舍楼前。没一会儿，看到许梅和另一个女孩结伴从女生宿舍门里走了出来，手里拿着一个活页纸夹子，看样子正要去上课。

我走上前，喊了她一声“许梅”。

许梅扭头看到我，愣了一下，然后就笑了，点点头，应道：“哎？”

目光中的含义是：有什么事吗？

“有件事，想跟你说一下。”我说。

“什么事？”

“在这儿说不太方便，”我环顾四周，说，“咱们边走边说吧。”

许梅看看与她同行的女孩，想了想，对她说：“要不你先上课去吧。”

女孩转身走后，许梅问我：“什么事啊？”

“咱还是边走边说吧。”我边往前走边不时回头看许梅有没有跟着我。

许梅一脸无奈一脸茫然地还真跟着我在走。

“是这么回事，”我边说边想，“我们想组织一个文学社，印一个刊物，想请你写点东西。”

“我不会写东西啊。”许梅说。

“你有没有写过诗啊？”我问。

“没有。”

“散文呢？”

“更没有了，你找别人吧，你找中文系的才对啊。”许梅说着站住了，似乎听明白了我要跟她说什么，想就此打住，回头去上课。

我看看离校门口还有一段距离，继续引着她往前走：“我记得你小学时作文不是挺好的吗？”

许梅想了想，说：“可是除了作文，真是什么都不会写。”

“日记写不写？”

许梅不说话了，一边继续跟着我一边低头看着路面。

“我们文学社的社长叫管飞，你听说过吗？”我问。

“没有。”

这时候，我恰到好处地看到了管飞，他正坐在门卫室的台阶上期待地看着我呢。

“就是他。”我一指管飞，说，“他就是管飞，要不，让他跟你说。”

管飞站起来，对我说：“你们干吗去？”

我说：“我们正要去古城看‘蓟门烟树’呢，你要不要一起去？”

管飞看看许梅，微笑道：“好啊。”

许梅皱着眉头，为难地说：“你们去吧，我不去了，我还要去上课呢。”

“去吧去吧，”我鼓动许梅，“那可是‘北京八景’之一啊，估计你没听说过吧？”

“我常去，”许梅说，“没什么好看的，我经常跟同学一起去那儿看书呢。”

“还是一起去吧，都出来了。”管飞说。

“去那儿干吗呀？那儿真没什么特别的景色。”许梅说。

“去看落日啊，在古城上看落日，感觉多好啊。”管飞说。

许梅愣了一下，可能在想像看落日的情调，然后反应过来：“那也得下午去啊，这刚刚早上看什么落日？”

“那就去看朝阳，看朝阳。”管飞说。

许梅朝天上翻了个白眼，叹了口气，说：“你们是不是安排好的？就是为了要把我诳出来？”

我扭过头去看别处。管飞以一种让我发笑的认真态度考虑了一会儿，严肃地说：“是这样的。”

许梅有点不知如何是好了，她有些为难地看着自己手里的活页夹。

管飞继续说：“为了把你约出来我们煞费了一番苦心，研究了整整好几天，最后还是让你看穿了。”

抓抓脑袋，又说：“你想回去上课就去吧，希望你不要讨厌我们。”

许梅看看管飞，待了一会儿，说：“其实今天倒也没什么特重要的课，既然想一起去，那就去吧。”

8

一路上，管飞没话找话地狂倾诉个人趣事。到了那段古城墙后，管飞依然还没找到什么太多和许梅共同感兴趣的东西。

我们爬上了城墙，在一处背阴的地方坐下来。为了让管飞多说话，我尽量不怎么开口，因为昨夜一直没睡，枯坐之中，我的睡意凶猛地来了。

我由坐变躺，双手枕在脑后看天空，阳光亮晃晃的，弄得我的眼睛很快就睁不开了。我记得我在睡着前，听到管飞对许梅说："怎么样，这里还是很有点历史感吧？"

真他妈装孙子。我心里这么想着，然后就睡着了。竟然还做了几个梦，梦到了学校组织去爬香山，爬呀爬呀，突然脚下踩空了。我醒了一下，意识还不太清楚，心想，我到香山干吗来了？旋即明白过来，此身并不在香山。

听到旁边管飞正对许梅说："你星期天都干吗？"

许梅说："没什么事干，有时候会去教堂。"

"太奇怪了，你信基督教吗？"

"也算不上信，只是觉得挺好玩的，在教堂里一切显得挺圣洁的，老头老太太都特叫人感动，唱诗班和风琴也特好听。"

"下回也带我去好不好？"

"好啊。其实是我认识的一个老太太特信这个。我只是在考试前才信那么一会儿，真的做一个祷告。临时抱佛脚。"

“你怎么会认识那种老太太的？她是干吗的？”

“反正就是认识呗，她老鼓励我读《圣经》什么的，反正我是读不下去。她一生只读两本书，一本是《圣经》，一本是《天路历程》，每年都读两遍，除此之外什么书也不读。”

“你常能碰到那老太太吗？”

许梅说：“常能碰到啊，因为她就是我妈妈啊。”

我支着耳朵听了一会儿，又继续睡着了。睡了个乱七八糟，时断时续，时清醒时迷糊。有一刻，我听到身边没声音了，心想，估计两人已经走了，再睡会儿哥们儿得回宿舍睡去了。意识稍微回到身上后，听到两个家伙竟还坐在我身边聊呢。

一个说：“你有没有觉得这世界太复杂太黑暗？”

另一个说：“是啊，这也是没有办法的事。”

一个说：“有时候我好像觉得所有的人都在欺骗我。”

另一个说：“至少，我们之间将来要永远互相不欺骗。”

一个说：“拉钩？”

另一个说：“……”

我偷眼看了他们一下，发现管飞已经把手搭在了许梅的肩上。

接着我踏踏实实地睡着了。感觉好像只过了十分钟，有人在推我，睁开眼一看，是个不认识的老头。

“小伙子，你没事吧？”

“没事啊，怎么啦？”我迷迷糊糊地说。

“回家睡去吧，在这儿睡要生病的。”

“对不起啊，我马上走。”我胡言乱语地回答着站起来，头晕得差点又摔地上。

看看天色，我问那个老头：“大爷，几点了？”

老头告诉我：“下午六点。”

“您没看见我旁边有人吧？”我东张西望了一会儿，问。

“没有，我才刚到没一会儿。”老头说，“怎么了？丢东西了？”

我赶回学校去吃晚饭，食堂里只剩下了熬白菜和硬馒头。看着空空荡荡的饭厅和一张张只有残渣剩饭的桌子，我决定找到管飞让他请客。

宿舍、教室、图书馆找了个遍，没见到他的人影，问人，都说一天没看见他了。

碰到早上和许梅在一起的那个女孩，一把抓住，问她：“许梅呢？”

女孩愣愣地看我，待了一会儿，说：“我正想问你呢，许梅去哪儿了？”

好上了。看来是真好上了。

9

进入热恋期以后，因为没地方敞开奸宿，管飞和许梅的爱情颇吃了一些不必要的苦。第一次办事，他们就玩了一个大手笔，幕天席地。

时间是晚上十二点左右，地点是我们学校的操场草坪。地点挑得没什么想像力，所以管飞和许梅第一次玩儿现了，被我们学校的教导主任撞了个正着。

不知为什么，当时我们学校对此事看管甚严，我们的教导主任尤其受不了处女失贞这回事，常常带着两个校保卫处的干事半夜在操场打着手电转悠。一旦晃到了两团雪亮耀眼的东西，必是贼学生苟合无疑了。因为教师们至少还有自己的教工宿舍，不必到操场这种既会着凉又有蚊虫的地方。

我们的教导主任叫李梅亭，五十岁左右，不知道是真叫这名还是学生们给他起的外号。因为《围城》里也有那么一个同名人物，电视剧里的角色好像是葛优演的。

管飞说他和许梅是已经办完事了才被李梅亭撞上的。从当时许梅反应的机敏程度来看，此说甚为可疑。如果是刚刚办完事，许梅应该是呈醉泥状，如果是办完事有一会儿了，管飞应该及时提好裤子。

可事实是，李梅亭的手电筒晃到他们时，管飞的裤子还在脚脖子上，许梅则一个鲤鱼打挺，蹦起来就跑，虎口脱险，逃出了李梅亭的魔爪。

当时，许梅穿的是裙子，行事比较方便，难得的是女孩处变不惊，在跃起的刹那竟然还顺手拎起了自己褪下的三角内裤。

幸亏许梅跑了，老眼昏花的李梅亭也没看清楚她是谁，否则，以许梅那种小女孩自私又胆小的人格来看，到了保卫处，一旦自身前途受到威胁，不但会立刻招了，没准还会哭着控告管飞强奸。

女孩的盖世轻功“葵花挪移大法”一经展现，把管飞和李梅亭都震得愣住了。眼看着一个白色的人影闪电般由眼前飞入了无边的暗夜，李梅亭作何感想不得而知，反正管飞是吓傻了，想不到刚刚和自己亲热的温柔女孩竟然会是一等一的武林高手。

定下神来后，管飞才想到自己也应该跑，脚下一加劲，被自己褪到脚脖子的牛仔裤绊了个正着。

管飞一脑袋栽倒，被李梅亭带的两个“打手”抹肩头拢二臂生擒活捉，准备押到保卫处当夜过堂。

“李老师，”管飞挣扎着向李梅亭递话，“让我先提上裤子吧，求您了，我绝对不跑。”

李梅亭拿着手电朝管飞的下身晃了两下，皱着眉头一挥手，两个“打手”松开了管飞。

管飞细心地把衬衫别进牛仔裤里，收拾停当后，立刻想出了对策，提上裤子不认账。

“李老师，我怎么了？”管飞一脸无辜地看着李梅亭。

“呃，”李梅亭给问愣了，说，“你说你怎么了？”

“我没怎么着啊。”管飞泰然自若地说。

“你……”李梅亭竟一时没想起合适的词来形容刚刚发生的

事。苟合？通奸？做爱？上床？操？……

“你……”李梅亭想了半天，说，“你光着屁股干吗呢？”

“我没有啊。”管飞低头看看自己的裤裆。

“你刚提上裤子！”李梅亭面对如此无耻的学生，终于怒了，他厉声喝道。

“是啊，我刚才撒尿呢。”管飞说。

10

我们学校的李梅亭跟电视里葛优扮演的那个恰恰相反，李老师很胖，脸圆，肚子圆，秃顶，猛看去颇有些佛相。

因为学校谈恋爱成风，出了很多起男同学夜宿女生宿舍和女同学夜宿男生宿舍的事情。李梅亭虽有所耳闻，但总是抓不到现场，为此万分苦恼。

有一次，李梅亭得到密报，有十一个女生在周末留在了男生宿舍未归，于是领着一干人气势汹汹去查夜，志在必得。结果，挨着间地搜了一遍男生宿舍，一个女学生也没发现。

线报不可能有错，可女学生飞哪儿去了呢？估计这件事李梅亭至今还没想明白呢。就让他继续糊涂着吧。

另一件试图捉奸的事让李梅亭更晕。自许梅在学校操场深夜从李梅亭眼皮底下逃脱，李梅亭就开始盯上了管飞。最终，李梅亭在一天中午把管飞和许梅堵在了宿舍里面。当时，大家都为管飞腾地儿，宿舍里只有赤身裸体的管飞和许梅二人。

李梅亭在宿舍外拼命敲门，愈演愈烈。管飞和许梅飞快地从床上爬起来，穿好衣服，想对策。

门外，李梅亭连敲带推，急得差点要用脚踹时，这时候门开了。

李梅亭推门进去，看到管飞坐在床边，用身体护着床上的一堆被子，被子里鼓鼓囊囊，显然，里面有人。

李梅亭露出狞笑，对管飞说："这回你可让我抓到了吧。被子里是谁？"

"没谁，没谁呀。"管飞一脸惊恐。

"少来这套。"李梅亭说着，一个箭步蹿上去，推开管飞就把被子掀开了。然后，李梅亭就傻了，被子里是另一床被子，根本没有他想像中的裸体女孩。

"人呢？"李梅亭问管飞。

"什么人？您说谁呀？"管飞装傻，反问道。

李梅亭是真晕了，撅着屁股看看床底下，只有一堆臭鞋烂袜子，走到窗前看看，是二楼，想来女孩没有跳楼的武功。

按说李梅亭也是到了知天命的岁数了，不应该那么傻，可他还真就是一到啃节上脑子就不够用了。他也不想想，管飞坐在床边护着被子，宿舍里要没别人，那门是怎么开的？许梅当时就站在门后面，李梅亭等门一开往里一冲，许梅立马猫似的转身出了门。李梅亭的眼睛光盯着床了，全没想到他要找的人就站在他身后。

据说这个主意是许梅想出来的。现在回想起来，我对许梅的智勇依然佩服得五体投地。想来，在以后的岁月，我是说，在许梅大学毕业后草率嫁人，管飞在南方飘荡多年重回北京，二人旧情复燃的日子里，许梅应付起她的老公，一定绰绰有余。

李梅亭抓了十几年学生作风问题，成绩甚是不理想，后来一不留神，倒让他老婆把丫给抓住了一回。那是一天下午，李梅亭和学校里一个外号叫“向四化挺进”的小妞通奸，结果这一次是李梅亭的老婆得到了线报，一抓一准，捉奸在床了。

李梅亭的老婆做事比李梅亭狠，大白天一手一个光溜溜地在教员宿舍区里“游行”，造成了某种轰动效应。所有的学生都拍手称快，争相描述李梅亭的那个东西小得和他的肥胖身躯如何如何不成比例。

11

李梅亭的意外失手，不但让本校的混混们幸灾乐祸，同时，也等于间接给齐明报了一箭之仇。

这是因为，李梅亭不但喜欢扫黄，还喜欢抓赌。在齐明还没有得到东四那边的自由空间时，没事，他常常来我们学校找我，很快就和学校里几个属于专业麻将业余上课的主儿混得厮熟。

有时候齐明被人抽立了就在我们宿舍挑张床拉过被子就睡，很快鼾声如雷，害得床主跑到其他宿舍找空床位就寝。

李梅亭夜半来抓赌，曾经和齐明遭遇过两次。第二次时，齐明假装本校学生，蒙混过关。第一次，齐明缺乏经验，情急之下，在咚咚咚的擂门声中，跳窗逃跑。宿舍在二楼，所幸齐明身手还可以，没有残废，但脚脖子却是结结实实地给崴了。

在1990年，齐明和刘军的身份是快乐的待业青年。与忙碌的世界相反，那段时间，两个家伙成了无所事事，不知道该如何打发日子的人。

齐明有生找的第一个工作是在一家合资酒店当保安，刘军则在一家乐器商行卖乐器。齐明刚刚上班，新鲜劲还没过，见面酷爱给我们讲酒店里出入的妓女们的故事。

“知道么？一晚上要四百块钱呢。”

刘军于是故意说：“这么便宜。”

齐明撇嘴看看刘军，“嘁”一声，说：“你丫懂什么呀？”

后来齐明在那家饭店门口站烦了，辞了工作。刘军也辞了工作。两个家伙开始在琉璃厂那边倒邮票和古币，除了某次用一枚价值几元的假古钱蒙住了一个法国傻佬儿，以近百倍的价格出手，基本上没有多少斩老外的成功范例。于是二人又回到了现实世界，分头重新找正当职业。

我比较支持齐明坚持下去的一个工作是在一家大商厦里做

导购，卖电视和录像机。齐明常常利用工作之便串录些色情录影带。就在上班时间，电视机不开，两个录像机一接，就录了。那一阵，齐明是我们部分精神食粮的提供者。

后来，齐明的行径被他们楼层主任发现了。那天中午，齐明在机器里录着带子，自己却撒手跑出去吃饭了。他们头儿带着一个小妞来买电视，打开一看，吓了一跳，超大屏幕上正赤裸裸地进行着色情表演，动物似的叫床声突然响起。几乎全商场的客人都停下了各自的活动，认真驻足观赏。

齐明得到了警告性的批评，未等他们头儿把带子还给他，便又辞职不干了。

12

据说齐明他爷爷新中国成立前曾是国民党的一任高级将领，1949 年的时候，带着他的小老婆以及金银细软跑到了台湾。齐明他爸爸没有被他爷爷带出去，不知道是因为他爸爸参加了共产党还是别的原因，比如农村的正室不受宠了，因而正室的孩子也就不太被在乎了。

留给齐明他爸爸的财产就是东四那边的一溜儿房子。据说，从前，东四那片胡同里的好几院房子都是齐明他们家的，当然，随着时世变迁，最后只剩下了其中的两间。

在齐明家搬入新居后，那两间平房里只剩下了一张不要的旧板床，一张破损的八仙桌和几张木椅。除此之外，就是一幅巨大的二三十年代的女人画像。

画是油画，画中人穿着旧式旗袍，小脚，瓜子脸，眯缝眼，一脸端庄地坐在一张太师椅上。

那个画里的小女人是齐明的亲奶奶。可能是碍于小老婆的醋意，齐明他爷爷没好意思把这个念想带往台湾，留给了齐明他爹。

我们都对那幅画印象深刻，刘军、江彤、管飞、许梅，一致认为，他们在躲开朋友，偷偷摸摸做只适合两个人的事时，总感觉有第三者在场，严肃地看着他们。

平房里光线不好，那种阴暗的氛围，再加上那张超级逼真的旧式女子画像，我带林雪去那里办事时，有好几次，感觉像是进入了闹鬼的房子。

为此林雪非常不喜欢齐明那里，在她家里不方便时，我总得千哄万哄，才能把她骗过去，同时，反复指着画像对她说："不用担心，那是齐明亲切、慈祥的奶奶，不是别的东西。"

"可是我不希望有人在看着我们。"林雪以此为借口，左推右让，使我们做起事来拖泥带水，缺乏应有的流畅感和速度感。

当时，我们谁都不知道，包括齐明和他的爸妈，那幅画竟然价值连城，不不，准确地说，是价值连商品房。在1998年，一个偶然的机会，齐明他爸爸把这幅画出手卖给了一个港商，卖了二十万人民币。

如果倒退到1990年，齐明知道他奶奶能卖，我估计两三千块钱他就敢拿出去卖了。事实上，他爸妈把画和不要的旧家具留在那两间有待拆迁的房子里，根本也就是觉得那画多余，放也没地儿放，挂着也和他们家新居不配。

在1990年意大利世界杯开赛前夕，我们一伙人汗流浃背地干了两天，帮着齐明的爸妈完成了乔迁之喜，同时，也开始了我们短暂而难忘的快乐时光。我们狂在街上认识女孩，搭两句话就要带她们找地儿去玩，然后把那些胆大的领到我们那里，让她们陪我们玩牌、喝酒或是晚上一起看球赛。

忘了有一个女孩是谁带来的了，她对看足球没有兴趣，哈欠连天，我们表示她可以到另一间屋里先睡。女孩当着我们所有人的面，从手袋里掏出了一盒口服避孕药片，连吞了两粒，然后放心地睡去了。

“她这是什么意思？”齐明不解地问我们。

“意思是我们谁要是对她感兴趣可以安全地跟着过去。”

当时，只有齐明还是单身，而且还是货真价实的童男，根本不懂得爱情的美妙滋味，于是我们推荐齐明过去。

齐明紧张地思考了一夜，眼睛瞪着电视，比赛谁输谁赢最后都没搞清，直到天亮了，依然没有下定决心。

13

那年，齐明换过五种工作，而刘军则换过大约十几种。在街道领了求职证后，刘军先后干过印刷厂打包工、火车站搬运工、乐器行导购、合资酒店白案、加油站洗车工，数不胜数，没一样干长的，半月一月就换一个。

我到刘军家去找他，他爸看见我就说："他呀，就该去当兵锻炼锻炼，现在他根本找不到自己生活的位置。你说是不是？"

我诺诺连声。刘军则歪着脑袋不说话。

不过，刘军后来还是把他爸的话听进去了，当他果然决定去当兵时，他对我这样说："我不想再这么瞎混下去了。"

我问："江彤同意吗？"

刘军说："同意，我走了她可以安心学习，等我回来她就是大学生了。"

江彤人长得小巧玲珑，十分好玩，颇有些像年轻时的香港影星张曼玉。说一下我第一次见到江彤时的情景。那天，刘军告诉我他和齐明在护城河边认识了两个小女孩："其中一个已被我搞定了，另一人你上吧。"

我问他："长得怎么样？"

刘军说："我也说不好，哪天你自己看看吧。"

放学后我和刘军来到了护城河边，坐在岸边的草地上等那个女孩。我问了他许多问题，全都是关于那个女孩的。刘军一一耐心解答。后来我看到一个穿了身白色连衣裙的女孩，骑着车子，向我们驶来，便问："是那个么？"

"没错。"刘军迅速蹦起来，向着那个女孩奔了过去，女孩骑车在他身边一闪而过，刘军便抓住了她的车后座。我和他们还有一段距离，只看到刘军在咧着嘴笑和隐隐约约地听他说："别走别走。"

女孩果然就停下了车，两个人就站在那里说话，刘军好像还指手画脚的。女孩不时回过头朝我这里张望一下。一会儿刘军放开了抓着车后座的手，女孩就骑上车走了。刘军朝我晃荡过来，问："怎么样？"

"太远了，没看清。"我说。

"还没看清？人家说你色眯眯地老盯着她，都不好意思了。看，给人留下坏印象了吧？"

我说："……"我说什么来着，有点忘了。后来那个穿白衣裙的女孩就成了刘军的女朋友，刘军也就正儿八经地陷入了恋爱生活。

江彤家住在护城河边，所以，上学时，刘军总站在护城河边等她。刘军他爸的厂子也在那附近。有一回厂子的同事对他爸说："我老能在护城河边看到你儿子，一个人在那儿站着。"

于是，他爸审问刘军："你是不是放学后不回家老在护城河边？"

刘军说："没有啊。"

刘军他爸以为同事看错了，因为他从没在那儿看到过刘军。

有许多次，刘军等了半天，看到江彤和她父亲在一起，两个人就装作不认识。终于有一天，江彤她爸觉出了不对，在饭桌上对家人宣布说："怎么我发现老有一个小孩站在咱家楼下不远处？傻呵呵的。"

江彤不语。江彤的姐姐和我们正好是一个年级的同学，笑着说："噢，那是个傻子。"

江彤他爸恍然大悟，说："我说呢。不知道是谁家的孩子，摊上这么个儿子，家长得多费心啊。"

14

刘军要走未走的那一段日子，情绪显得非常委顿。有一晚，我们俩带着江彤和冯苹一起去北图的小放映厅看循环重映的电影《顽主》。散场后，冯苹看上去非常不愿意就此散了，而江彤却执意要回家。没有办法，我们只能把她俩一起送回了家。

我站在楼下，看着冯苹窗口的灯亮了起来，问刘军："你和江彤是不是有什么事？"

"没有。"

"去东四那边？"

"就咱俩还有什么意思。算了吧。"刘军跨在自行车上，摇摇头。

“有没有女孩可以叫？”

刘军想了想，从兜里掏出一张纸片递给我，说：“这儿倒有个女孩，听说还成，挺喇的，要不你打个电话试试？”

我们蹬上车，满世界找公用电话，好不容易在路边小店看到一个，拿起电话刚要拨号，一个站在旁边的女孩暴喝了一声：“别动，我刚呼过人。”

我缩回手，看看女孩，看看刘军，笑了。

刘军也笑了，说：“没关系，咱等会儿。”

等了几分钟，女孩拿起电话又呼，然后在一边抽烟。我和刘军面含微笑地看着她，女孩对我们的目光毫不在意。

我们耗了大约有一个多小时，这期间，女孩不知道呼了对方多少次，电话始终没回。

“行了，你们用吧。”当女孩终于决定放弃的时候，对我们这样说。

刘军笑着对那个跨上单车要走的女孩说：“你是要去找他吗？”

“找谁？”女孩回过头。

“你呼的人啊。”

女孩又从车上跨了下来，她凶狠地眯眼看着刘军，说：“你丫管得着吗？”谁知，话音刚落，女孩的眼泪竟然哗哗哗地流了出来，她一边哭一边还兀自重复着那句“你丫管着吗”，但语调已完全不同了，不像在发狠，倒像是在撒娇。

那天晚上，我们尽情地安慰了那个女孩，哄她，告诉她我们所知道的全部关于人生的道理，女孩后来终于破涕为笑。当我们一起去东四看完了一场夜场电影时，再看那女孩，似乎早已把前半夜的事忘得一干二净了。

“刚才怎么那么凶？”我问她。

“以为你们是坏人呢，假装不好惹一点儿呗。”

那个女孩一直没有告诉我们她的名字，也没来得及给我们留电话等联系方式，只知道她二十一岁，比我们还大两岁。天亮以后，我们还在梦中时，那个女孩自己悄悄走了，也没有留言。倒是问了我们叫什么名字，我告诉她，我叫管飞，那哥们儿叫齐明。

随后没多久，刘军当兵走了，那条胡同也开始拆迁了，不知道女孩后来闲暇无事时是否还凭记忆去那里找过我们，当她看到一片废墟的情景时，是否内心也有过一丝伤感。

后来，刘军在部队给我写信时还提到过那个女孩，问：“也不知道她和她男朋友有没有和好？”

我回信说：“没准已经结婚生孩子了。”

15

记忆中，刘军好像是在1990年的秋天，换上了一身绿军装，戴着一顶绿帽子，和一卡车少年一起，被运往了火车站集合，再汇合其他地区新入伍的家伙，被发往了祖国各地。

我们在街道新兵站为刘军送行时，管飞还冲已经上了卡车的刘军喊了一声："万一真和哪儿打起仗来，千万别往前冲，保命要紧。"

一个当官的闻声狠狠地瞪了管飞一眼，吓得管飞为了不致再挨上一脚，马上噤声了。

那年暑假，管飞没有回家，原因之一是考试有两门不及格，需要补考，另一个原因，他实在不愿放弃任何能够和许梅腻在一起的时间。不知道管飞如果四年大学上下来，和许梅到底会发展得怎样，可是事实是，新学年开始没多久，管飞就被学校开除了，因而他和许梅的爱情也就到了一站。

那时，东四那边的欢乐窝已经没有了，而齐明也因为正和一个叫张颖的女孩陷入感情深渊，变得走位飘忽不定，极难再见他的面。

张颖是有一天我们在某部电影招临时群众演员的招考会上发现的。我和齐明去的目的非常明确，按齐明的话说是："来的肯定都是漂亮妞儿。"

在我们认识张颖时，张颖十七岁，是一家豪华商厦的导购小姐，卖手表什么的。齐明则在一家录影带出租店做店员。

齐明是这样的一个人，从上学的时候起，他就沉迷于国外，尤其是好莱坞的电影。他酷爱收集《环球银幕》画刊，酷爱收集世界优秀电影的录影带，能顺口说出一百多位世界级影星的名字和数十家电影公司。另外，他还喜欢沉迷于电影上那些人的爱情故事中。有一段时间，他总爱模仿城市牛仔片里的角色，叼根烟，沉默寡言，说话面无表情，像个打手，用这两年流行的话说就是喜欢“装酷”。如果你知道他那木讷的表情不是天生的而是在模仿马特·狄龙或肖恩·潘，你会发现他还是有些像的。沉迷于幻想世界的同时，齐明一直过着清规戒律的生活，剩余的体力和精力大多花费在了健身上，似乎如果苏菲·玛索那样的天外飞仙不出现的话，他这一辈子就立志要单身到底了。

有了张颖，齐明就很少来学校找我了。无聊的时候，我只能跑去找他。此后，齐明开始盘腿坐在他那张从来不叠被子的床上，一边向我炫耀他和张颖的照片，一边津津有味地向我讲述他的爱情经历。他们的爱情异乎寻常地顺利，每隔一段时间我的好奇心来了，总能听到令我惊异的进展。齐明约了张颖吃饭，齐明约了张颖逛公园，然后他们第一次接了吻，他们去看了夜场电影，他们开始把对方带回家介绍给自己的父母，弄得真是中规中矩。

“你把她解决了吗？”我问。

“还没有，算是差点吧。”齐明略带得意又不无苦恼地说，

“有一次只差最后收黑八了，结果我怎么也进不去，也就算了。其实我也不在乎，无所谓了。”

显然，如果下回我再去找他，结果就完全不同了。奇怪的是后来我再去找他，他就开始常常不在家了，他妈也蒙在鼓里，看见我就大惑不解地说：“你怎么来了？我们家齐明不是去找你了吗？”

后来，我给刘军写信，对齐明这种重色轻友的行径表示了强烈不满。

后来，齐明就犯事了。

16

齐明参与了一次所谓的团伙盗窃案。他刚出事那阵子，我已经从学校退了学，闲混了一段后，谋到了个对自己合适的差事。头几个月为了表现好，给领导一个好印象，我天天早去晚归，打扫卫生，熬到下午五点，正点下班。

如此投入地工作了两个月后，刘军给我写来了一封信，信中夹了一条《北京晚报》“警世钟”栏目的剪报，我在文章中发现了齐明的名字。我收到信的时候，齐明已被拘捕三个多月了。所谓“团伙”，另外的那些人是齐明从前的同事，以及他在街上游戏厅里认识的新朋友，其中一人从前曾在一家大型购物商厦做保安。有一天，他们突发奇想，报上说是蓄谋已久，合伙把那个商厦的一些家用电器给搬走了。作案过程很惊险，也很专业，基本上是好莱坞警匪片的路子，《盗宝群英》那种。不过讽刺的是，所有电器加起来，价值才一万多人民币，比之齐明他奶奶那幅我们曾熟视无睹的画像后来的卖价，还不到二十分之一。

晚报新闻是刘军的母亲发现的，她寄给刘军的目的是为了证实一下此齐明是否是作为刘军好朋友的那个彼齐明。刘军把剪报寄给我是同一目的。

“估计应该是重名，”刘军写道，“齐明应该没那胆，也没那本事。”

我想像了一下齐明的胆量与本事，定度不下来，抽空去了一趟齐明家，结果被齐明他妈一把鼻涕一把泪地抓住了。

竟然真是他。竟然真出事了。

“你说我们家多倒霉吧，真是一场噩梦呀，小明出了事，他姐又让人给蹬了，那男的出国了。”

我写信告诉刘军：“不是重名。按照刑法，齐明得服刑五年。”

刘军回信说：“估计齐明在里面吃苦受罪，干活挨打是免不了的了。不过这也不是什么坏事，年轻人应该吃点苦的。”

齐明在农场主要的活计是脱坯，是四大累的一种。刚刚得知齐明出事时，我想像了一下我们在看守所见面的情景，像许多港台电视剧里演的那样，我看到齐明剃了个青亮亮的秃头，穿着号衣从一间小门里走出，神情沮丧。

齐明看到我，坐下来，我们隔着玻璃沉默了一会儿，我通过话筒说："你丫怎么搞的？傻逼了吧。"

然后我们相对无所谓地嘻嘻笑了起来。

齐明摸摸他的脑袋，腼腆地说："没玩好。"

当然，可能性更大的是我们各自苦笑一下，相对无言。

后来我才知道，在看押期间，任何人不得探望，他的父母也只能去带些东西，由看守人员带进去。后来齐明转入了边远地区的一所劳改农场，但也只能由直系亲属定期探望。她母亲告诉我，那是一所模范监狱，齐明在里面干活努力。

我问起齐明的女朋友，他妈说："人家姑娘还真是有眼光呢，怕是早知道小明要出事，在小明进去的半个月前两个人刚分手。"

叹口气又说："也好，要不这不是把人家闺女也害了吗？"

有道理。

17

出事那天，正赶上齐明轮休。十点多了，齐明还蜷缩在被窝里没起。昨晚他看了盘美国科幻片的录像，睡下后又做了一连串乱七八糟的梦，被折磨得够呛。

醒了以后，齐明觉得脑仁直疼，躺在被窝里不愿起床，玩味着自己的梦境，觉得挺有意思。好像梦见了张颖，但干了什么一时又想不起来了。阳光从窗帘的一条缝隙透射进来，那道阳光使齐明产生了一种想去找张颖的念头。这时候，齐明听到了敲门声。来的是齐明的同事。

"小金子？你丫怎么来了？"打开门后，齐明看到小金子正气喘吁吁地立在自己跟前。

"穿好衣服，下楼。有事跟你说。"

"什么事？进来吧。"

"那些东西还在吧？"

"床底下呢。"

"我等会儿你，你赶快穿好衣服下来吧。"

"你丫能有什么事啊。"齐明不太情愿地换好了衣服，跟着小金子下了楼。发现确实是有事。楼下停着两辆警车，几个警察正吸着烟，手里拎着铐子，像拿着串钥匙似的边甩着边用眼睛不停地冲齐明家楼上瞅。他们的表情中有一种约会时等女朋友的悠闲。

"上车吧。"其中一个警察看到齐明后冲他点了点头，掐了烟，为他拉开了车门。

齐明看了眼小金子，小金子已经率先爬进了车厢里，小学生似的规规矩矩地坐好，眼皮始终没抬一下。

上了车，齐明挨着小金子坐下来，发现小金子的身体抖得厉害。

“没事吧？”齐明试探地问了声，小金子没说话。后来齐明想起这一幕时，搞不清到底是在问小金子还是问自己了。

警察要走了齐明兜里所有的东西，说是替他暂时保管一下，然后，齐明看到另外一些警察进了自己家的那个单元，车便开动了。

齐明透过车窗看到了往日惯常的街景在迅速向后飘逝，仿佛是自己的生活远离了自己。车开出十分钟后，齐明突然想到了一个可怕的念头：自己从今往后是不是再也不会见到张颖了啊?!

这念头让齐明反应过来了自己的处境，脑袋里“咣当”响了一下，就乱了。

我该怎么向张颖解释啊。想到这里，齐明没能忍住一点一点随着思考而积累的眼泪。

坐在齐明对面的年轻警察直到齐明由默默流泪渐渐演变成了抽泣，才不耐烦起来。他先是鄙夷地瞪了齐明一眼，发现齐明并没看自己，突然伸手响亮地抽了齐明一个大嘴巴。

“瞅你丫那操性，早干吗来着？！”

18

我常常一闭上眼睛就看到齐明和张颖在朦胧中晃来晃去，脑中回响着罗大佑的那首《我所不能了解的事》。丢一个铜板轻轻地盖着，猜猜她爱我不爱？那是我所不能了解的事。摊开我双手问问我自己，到底怎么回事？那是我所不能了解的事。拿一支铅笔画一个真理，那是个什么样的字？那是我所不能了解的事。

我搞不清楚到底是怎么回事，也许齐明自己也搞不清楚他到底是怎么回事吧？

为什么呢？为了钱？为什么在此之前会和张颖分手呢？出了什么事？我想起我们第一次见到张颖时，齐明是多么兴奋啊。那时候他为了能获得张颖的青睐，天天弄得整整齐齐、风度翩翩。他坐在床头向我讲述他的爱情生活时，表情是那么的炫耀和自得。

后来，我曾经去张颖工作的商厦找过她一次。在商厦顶层的咖啡厅聊了会儿天，有关齐明的内容如下。

张颖说："那一段我们闹了点小别扭，几天没说话，也许是几个星期吧，我忘了。后来他就出事了。真没想到事情会这么快。他太傻了。"

我附和说："没错。"

张颖说："是吧。其实也没什么说的，后来我做梦还梦见过他两次，一次是在火车站，我在月台上，为什么是那里我也不知道。我好像是去送什么人，或是接什么人，看到一辆开启的车上坐着齐明，他没看见我，好像在玻璃窗里想什么心事。还有一次是我在马路上，看到一帮人在打枪，就像是香港电影上那样，一帮黑社会似的流氓，齐明也在其中，后来他被人打死了。醒了以后我哭了。真的，我哭了。”

“你们那时候闹的什么别扭？”我问张颖。

张颖回答我说：“为一串金项链。有一次我们逛商场我看上了一串项链。我有一身特好看的太阳裙，是我们家一亲戚从美国带来送我的，我从来没在外面穿过。有一次为了好玩穿给他看，他答应送我一条金项链，可后来他一直就不提这茬儿了。我提醒过他几回，他就跟我装傻。我倒不是为别的，只怪他不把我的事放在心上。”

我记得当时我看了眼她漂亮的脖子，说了句让她极开心的话，大意是恭维她现在戴的这条很好看什么的。

她回答说：“当然了，值好多钱呢。”

我没问这是谁送她的，反正不会是齐明。

后来我没再找过张颖，但有一次巧得很，我竟然在电视上看到了她。当时好像是一个类似于“经济社会”什么的节目，讲的是超前消费。主持人问到她作为售货员看到那些大款们买一只手表要十几万时她作何感想，张颖颇真诚地回答说：

“我羡慕他们。”

真是一个可爱的好孩子。

19

事实上，齐明和张颖的实质进展对我来说确实是个谜，自从失去了在东四那边的快乐大本营后，我们的来往日渐减少了。据我的判断，齐明应该是个对那件事怀有一种天然畏惧心理的人，张颖似乎也是个相对保守的女孩，没准一切也就仅仅是个古典时代的爱情也未可知。

齐明在此前曾有过一次真实的经验，不过对齐明来说谈不上多美妙，对方是齐明在商场卖电器时同组的一位大姐。说是大姐，其实当时也不过二十五六岁。大姐很喜欢齐明，不但对他事事照顾，而且还常来我们的据点和我们一起喝酒、打牌。谁都可以看得出来，那个女孩对齐明有爱恋的企图，只有齐明，不知是真不解风情，还是坚守纯真，佯装不知，总之对女孩的种种暗示含含糊糊，不与理会。有一次，我们聚在一起，酒喝多了，眼见那个执著的小大姐有要扑齐明的架势，于是，我们决定集体撤离。齐明一再挽留我们，被我们拒绝，最终，他没能逃过大姐的围剿，只得认命、就范。

事后，齐明内心惶恐了很长时间，终日愁云密布。据说齐明当晚还像处女失贞一样哭了一场。

齐明进去时，管飞正独自在南方沿海城市飘着，写信来问我他离开以后哥们儿们的情况，我把齐明的事情如实相告。

管飞复信，道："没事，五年以后大家才二十四岁，一切可以从头再来。”

管飞被开除，是因为打赌裸跑和一次偷书失手，二罪并处。裸跑事件发生在一个下雨的周末之夜。管飞一度曾经是打赌成瘾，某次，他和别人打赌自己喝下了一瓶墨水，只喝了一半就吓得人掏了钱，结果整整一星期他拉出的屎都是黑的。裸跑那次，当时虽是周末，又下雨，但学校操场还是在暗处躲着不少谈恋爱的男女。赤身裸体的管飞围着跑道狂奔，像是个白色的鬼影，着实吓着了几个胆小的女学生。

后来，李梅亭是用“低级趣味”来评价这件事的。李梅亭说：“最近咱们学校出了件事，大家可能都听说了。啊？三系的四个同学，我就不具体点名了，内心空虚，不求上进，穷极无聊，竟然打赌裸跑……”

台下的学生们开始振作起了精神，有的还忍不住吃吃笑起来。

“别笑！这根本不是什么可笑的事情！低级趣味！同学们，无聊啊无聊，可悲啊可悲！”

20

那年月似乎是我们学校的多事之秋，讨厌的事一件接一件，有一件事，略微值得一记。我们一伙喜欢酒肉的同学在校门口的酒馆喝酒，和外面的流氓酒后发生了冲突，其中一个同学被流氓用刀给捅死了。大家认为这是因为校方管理不善，所以组织了一次小规模的游行，后来又砸了校长家的玻璃。后来我们学校食堂的伙食得到了改善，因为有人认为大家到外面去喝酒是因为学校的饭不好吃。

当时，我们有七八个人，对方只有两个人。那两个家伙一直在默默地喝闷酒，想来，那是两个碰到了什么倒霉事的郁闷的流氓。

我们则一直兴高采烈，喝到酣畅处，大家都开始胡说八道。管飞已率先喝高了，不断地找人说话，看见一个人影，就说："你说，哥们儿对你怎么样？"

"不错不错。"众人闷头吃喝。

"从前我总是买两包烟的，一包金桥自己抽，一包万宝路发大家。"

"这些我们都记着呢。"

"我没少请大家喝酒吧？"管飞越说越激动。

"是是。"一个校混子拍着管飞的肩膀，"上回咱俩为一点破事儿打过架，是我不对，是我不对。从今往后，我的东西你随便用，我媳妇都给你用。"

"不是，上回是我不对，我对不起你。"

"是我不对，是我不对。"

"我不对。"

"我不对！"

“你丫再和我争我可跟你丫急了呵。”

“操你大爷咱到底是谁和谁争啊？”

“去你妈的。”

“去你妈的！”

“算了嘿，算了嘿，都别争了，全在酒里呢。”大混混李朝阳说着举起酒杯。

“没错没错，咱还得多喝。”

“我提议，”李朝阳忘乎所以地大声说，“咱们今天结义了，以后谁惹了咱们一个就是惹咱大家了，打架一块儿上。”

“我告你们你别看我平常挺老实，其实不是，你！”另一个小混子顺手指着一个人影，“瞧不起我吧，告诉你我认识一帮黑社会的呢，都是打架不要命的主儿。那时候我老和他们混一块儿，当然了混一块儿是混一块儿，但我明白我和他们不是一路人，我虽不走黑道，可黑道我平趟。”

大家聊得热烈，旁边桌上那两个一直默默喝酒的流氓则不时瞧我们一眼，后来，其中一个终于忍不住发作了，一拍桌子，一声大喝：“我说你们小点声成吗？要不全给我滚出去。”

饭馆里马上安静了。

沉默了一会儿，李朝阳对垂头丧气的我们说：“咱小点声咱小点声。”

就在这时，我们学校一个一直学习成绩甚佳的孩子却出来、拨份了，他晃晃悠悠站起身，指着那两个年轻人说：“要看不惯，你们滚出去。”

我脸上挨了一酒瓶子，立刻感觉嘴里一阵腥热，然后血流得像是女孩来例假，怎么止也止不住。

21

当我和管飞抛下我们各自那床破被子留给学校作为纪念，夹着那一摞从图书馆偷来的书滚蛋后，管飞被许梅也炒了鱿鱼。

管飞后来对我说，许梅当时的做法让他明白了有时候你做出一些决定时，需要为此付出代价。那天，她对管飞被学校开除这一事实感到难以接受，并对他深深地失望。

“为什么呢？”许梅歪靠在她家的沙发上，用手支着脑袋疑惑地问管飞。

“我要知道为什么就好了。”管飞一边干巴巴地回答她，一边紧靠在她身边，用手抚摸她的大腿。

“以后你怎么办呢？”

“你知道，我从来不考虑以后的。”

于是许梅预言管飞人生的结局将是穷困潦倒，饿死街头。几年以后，我把许梅这个预言和这个故事写进了一篇随笔里，发表在一家报纸的名为“自由职业者说”的专栏里，文章的名字就叫《暂时还没饿死》。

看许梅全没情绪的样子，为了要讨她的欢心，管飞只好搬出那句老话安慰她，他说："放心吧，活人能让尿憋死？"

错了。活人怎么就不能让尿憋死？那天，管飞真就差点让许梅憋死。她没有情绪做那件事，可管飞又急需做那件事，于是两个人就扭打了起来。后来管飞对我说："我没想到她竟然会是一个深藏不露的武林高手。"几招女子防身术使出来，管飞被她拧着腕子跪在了地上。

"松开松开，"管飞说，"操，真他妈没劲。"

管飞愤愤不平地甩着手，坐下来，点了一支烟。

女孩在一边悲天悯人地看着管飞，说了一句让管飞终生难忘的话。她说："如果你实在觉得发泄不出去就手淫吧。"

管飞悲愤地倚在沙发上看着许梅，竟然真的解开了裤子开始手淫。许梅站在一边，冷冷地看着管飞，就像是在看毛片一样，事不关己，不为所动。

过了一会儿，许梅估计管飞差不多了，命令道："你到卫生间弄去，别把我们家沙发弄脏了。"

说完，许梅把管飞晾在一边，自己打开了音响开始听音乐。

管飞对我说，到那时他才切肤之痛地感觉到自己真是让学校除了名，除了一点点廉价的愤怒能带走我什么东西都得给人该搁哪搁哪儿。

管飞说："不过我已经决定不再愤怒了，以后的事都该由自己负责了。"

那天晚上，管飞翻出了许梅的所有相片，深情凝望完后，开始继续对着那些搔首弄姿其实没有生命的女孩手淫。手淫完后管飞把那些相片撕了个粉碎。

“撕完了又稍微有点后悔。我想起了我们毕竟有一些纯情的、美好的事儿，想哭一会儿表示表示，但没哭出来，只是略微感慨了感慨便也罢了。”多年后，管飞谈起往事时就是这么说的。

“且让她自生自灭去吧。”管飞说。

22

管飞走的那天，望着车窗外掠过的城市夜景对我说：“我喜欢北京这座城市，我一定会再回北京来的。再来的时候我要在北京开一家酒吧，让哥们儿你天天喝免费的啤酒。”

几年以后，管飞竟然真的又回来了，外形上看起来没什么太大的变化，只是多了些足够开一家酒吧的钱。

我本来以为他会过上另一种新生活，成家、立业、娶妻、生子，把过去的事情过去说过的话全都忘掉了。谁知道，却没有。

我退学以后，和林雪也分手了。从某种意义上看，那是管飞和许梅故事的一种翻版。我就是这样认为的。世界没有深奥的，一切简单明了。

从前每一次离开时我都站在她家楼下向窗口张望一会儿，每次都会看到她在窗口看我，每一次我都会产生一种电影散场的感觉。她站在窗口的形象仿佛爱情电影的最后一个镜头。灯光渐渐亮起，人们在退场时，默默无言，刚刚结束的故事，如同往事依稀在心里。

但那一次我没有看到她在窗口看我。我张望了一会儿，骑车走了。

往事和往日情怀似乎早已烟消云散，所有记忆像我们的青春一样显得飘忽而不真实。我常常有一种想法，长大以后，我们就像水滴一样消失在了茫茫的海里，年轻时候那些最初的充满生机的在内心深处为理想而凝结的冰块也一起随着我们自己的消失而消融了。

我退学没和任何人商量，也一直没告诉我父母。高中时代，我有个女同学，住平房，后院有间空房子，我把地方租了下来，一边试图开始写作，一边找些零散的工作。那个女同学对我知根知底，除了在我耳边常常提起林雪等等标志着我年幼无知的可笑事，倒也不怎么烦我。

这种日子持续了一年。一年后，父母发现了我的行迹。父亲那天显得十分虚弱，他坐在沙发上有气无力地告诉我说他不再管我了，他说："你从前不是总埋怨我们管你吗？不是闹着要自由吗？不必再静坐了绝食了，给你自由，给你自由。"

我父亲因为工作关系，单位里有一惯例，每人可以去国外的中国大使馆工作四年。我母亲对这事比较感兴趣，因为可以带家属去。对我由衷地失望后，因为他四年后就到了退休年龄，所以他痛下决心做出了他的选择。他们要利用工作的名义去大洋彼岸的国度安度他们退休之前的最后时光。

父母走后没多久，我认识了一个女孩，很快发展到了同居。不过，想想，当时，从前的朋友都纷纷离开了北京，剩下我孤零零一个人，没个女孩陪着，日子简直没法过下去。

23

和我同居的女孩名叫叶蕾。那是在出版公司当职员时，我因为备感生活乏味便喜欢结交一些闲人，大多也都是些喜欢写点东西的人，晚上大家没事常常聚在一起喝酒，因为每回都有人带些新朋友，所以认识的人就越来越多。我忘了叶蕾是谁带来的了，只记得那次见她年轻，又是女性，所以多聊了几句，酒残人散的时候互相留了电话。

留着三毛式的长长的头发，穿着很随意很青春的衣服和鞋子，抽烟，喝酒，开男孩子似的玩笑，竟还宣称独身，自称通读过《西蒙·波娃回忆录》，这是叶蕾那天晚上留在我脑海中的印象，而且印象还挺深刻。

因为叶蕾上班的地方离我们公司不算太远，后来我几乎每当在单位感到厌烦和无聊时总是去找她聊天，借以打发无聊时光，终于，有一天就聊出事来了。

那天我从公司里偷偷溜了出来，和叶蕾一起去吃了 KFC，然后在东四又看了场电影，是部美国大片，拳打脚踢加子弹横飞，好不过瘾。电影散场后天色将晚，便送她回家，路上我对叶蕾大谈了一番我对自己处境和前景的迷惘，说我总是逼迫自己不与我的处境妥协，总是没有那种对生活的认同感。无论是上学时还是工作以后，我时常产生一种我不该在这里的感觉，我不该是这样的一个人。我说我一直想寻求一种改变。

叶蕾问："你想怎么改变呢？你觉得你应该在哪儿，是什么人？"

我说："我也不知道我应该在哪里，应该是怎样的人，但对我不应该在哪里，不是什么人却一直有种近乎病态的敏感。"

真是说什么来什么，第二天早上一上班，我就获得了寻找自己新的生活方式的可能。主任一看见我，就说："昨儿你跑哪去了？下午社里开会，社长一看你不在大发了通火，他在开会时特地表示什么人应该走时可点了你的名，说像你那样的闲人一定得走了。社里现在自负盈亏了，社长一直吵吵着要裁员，你可别……"

"什么时候裁员啊，这回是不是要动真格的了？"我问。不过想想其实社长那么说倒也一点不冤我，我上班成天吊儿郎当，确实没给社里作过什么贡献，而且什么样的书能赚钱什么样的书只能赔，现在我还没摸出一点门道。

“那倒不一定，”主任说，“他也就是看最近效益不好那么一瞎说，急了就来这套。没事。不过以后你是得认真一点了，最起码以后别再无故不来了，要不我可真保不了你了。”

不知动了哪根神经，我说：“要不我辞职吧？”

主任端着茶杯正想喝水，一听，差点没呛着，放下茶缸就说：“好啊好啊，你写个报告吧，我给你递上去。年轻人嘛，应该下海折腾，咱们社里半死不活的也就这样了。”

几天后，我走出单位的大门时，心里有一种失去了一切的彻头彻尾的轻松感，仿佛那从前的一切本来就不属于我，而是一种强加给我的身外之物。在那些枯坐办公室的日子，我常常在写征订、看稿子、联系印厂和发行商的间歇，望着街上的阳光和人流发呆，同时悲天悯人地想自己大约再也成不了一个终极意义上的诗人了。

24

接下来的日子，我和叶蕾真正坠入了爱情陷阱里无法自拔了。只要她一下班，我们不是看电影、蹦迪厅就是下馆子、去酒吧，大晚上野猫似的围着北京城满世转悠。很快我们就发现我们已经无法彼此分开了，开始她还仅仅是隔三差五地来我这儿过一夜，后来她甚至连家都不回了，我们的关系遂变成了同居。

我的小说总是写不好，找了半天原因终于发现是因为爱情的缘故，我无法安下心来。钱和日子像流水似的跑掉了，而且花的还都是叶蕾的钱，这让我既懊恼又自卑。我把找到的原因告诉了叶蕾，我说："我想我辞职不是为了专业谈恋爱而是想当作家的，可现在眼看着是没戏了。"

"只当我不在，行吗？我不出声的。"叶蕾说。

于是，我试图忘却身边那个女孩，可依然什么也写不出来。

叶蕾时常嘲笑我，说："你不是想当作家吗，不是想过有意义的生活吗，可现在你看你在做什么？"

"别这么说，"我笑了，"这让我想起了我中学老师的一句话，历史老师说邹容十九岁已经如何如何了，同学们你们现在在干吗呢？类似的话也太多了，我就是这么没出息。不过这又和一个笑话相关，父亲对儿子说弗兰克林或林肯谁谁的像你这么大已经能够如何如何了，儿子说他像您这么大时已经是美国总统了。"

"你不是说你要成为二十一世纪中国最伟大的作家之一吗？"

"狂妄！"我拍案而起，"简直狂妄至极！我可没说过这样的话。"

"你说过，你说过。"她张牙舞爪地扑上来。

"好好，说过说过，说其实也是瞎说，我现在一个字也写不出来。全是你害的，你在我身边我烦，你不在我想，左右都是静不下心来。”

“你自己没本事怪别人。”

我说了一大堆话，她没理我。等我停下，叶蕾接着说：“如果你想要安静呢，干脆，咱们结婚，你写作，安安静静地写作，我上班挣钱。我们会过得很幸福。”

我吓了一跳，到目前为止，叶蕾是第一个开口跟我提婚姻的女孩。那时候，我刚刚二十出头，实在是太年轻了，一听婚姻两个字，简直就像听到“把你拉出去毙了”一样的宣判词。

“我不结婚，这辈子。”我说，“在我和你认识之初我就对你说过，好像你也这么说过。”

那天吃晚饭的时候，我告诉叶蕾我作出的一个决定。我告诉她我痛感我不能再这么消磨生命了，我告诉她我想去南方闯闯，我还说，考验一下我们的爱情吧，一年的时间，我不给你写信，也不给你打电话。

“你是不是讨厌我了？”叶蕾听完我所讲的种种理由，问我。

“怎么会呢。”我说，“我就是想出门闯闯，换种活法，我走以后，你就住我这儿吧，等我回来。”

25

我去南方其实是去投奔我舅舅。我舅舅几年前在深圳单枪匹马地注册了一家民营公司，据我妈得到的情报是，这两年他们的生意巨火。当得知我不跟任何人商量再一次把自己弄成了无业游民后，我妈不惜天天打越洋电话，跟我念叨，让我去我舅舅那里学着做生意。在电话上，我舅舅也表示了对我的欢迎，说是生意越做越大，就是缺人手，缺人点钱。

到了深圳我才知道，我舅舅那家经贸公司纯属皮包性质，在写字楼租了两间办公室，做的都是些买空卖空的事。公司的所有业务仅仅是靠他一张嘴而已，他每天的工作不是跑到外面会饭局就是在办公室里打电话，几乎是一坐下来就抱起电话不撒手。我的工作仅仅是打扫打扫卫生，为客人倒茶买烟，打点文件，仅此而已。

刚来投奔的时候，我住在舅舅家里，后来因为我既不会帮舅母干活又和表妹处不到一块儿，只能天天吃闲饭，舅母对我有了意见。一个月后，我从舅舅家搬出来，和写字楼里另外两个大学毕业后来南方闯天下的北方小伙子合租了一间房子。混了一年以后，我因为实在是入不了做生意这条道，向舅舅提出了辞呈，舅舅高高兴兴地把我送上了回家的火车。

路上晃晃当当地用了三天三夜，下火车的时候，在北京站，我差点被当成了外地盲流，直接塞上火车被遣返原籍。

我本来以为回到北京后，我会继续和叶蕾过那种不断交涉各自生活理念的日子，事实上却没有。我打开家门，发现屋里布满了灰尘，判断起来，应该至少有半年以上这里没有住过人了。我不知道叶蕾是什么时候走的，可以看出来，走的时候，她把屋子收拾了一番，虽然哪哪儿都是灰扑扑的，但是书架、厨房、卧室，哪哪儿又都是井井有条的。

花了三天的时间打扫卫生，地毯根本没法要了，因为粗笨的家具无法挪动，只得用刀子把地毯割成了一块块的，拿出去扔掉。只在家具脚上，留下了那么一小块地毯的碎尸。

收拾停当，我给叶蕾公司打电话，得知叶蕾已然辞职不干了，呼她，寻呼台告诉我机主停机了。

一场差点演变成婚姻的男女关系竟然就此结束了，倒让我心里有些空荡荡的，难以适应。此后，我再也没有碰到过叶蕾，从这个意义上说，北京这座城市确实挺大，因为我和叶蕾彼此几乎没有共同的朋友。在我的生活中，她的离去，确实有种人间蒸发的感觉。

26

如此，日子飘荡，时光飞逝，然后，突然，管飞又重新杀回了北京。管飞带来了他这些年挣下的所有的钱，同时，也带来了重振当初我们那些快乐日子的梦想。

管飞是在春天回到的北京，虽然当时许梅已经结婚嫁人一年有余了，但一见管飞，竟然旧情复燃。管飞一边同许梅谈着梅开二度的恋爱，一边雄心勃勃地开了一个酒吧，试图在北京永远地扎下根去。

但是，到了秋天，管飞又突然决定离开北京了。管飞走的那一天，正是冬至。也就是说管飞在北京一共待了半个春天，一个夏天和一个秋天。

经过仔细计算，我发现那年管飞一共在北京居住了一百八十七天。在这一百八十七天里，管飞为了租房花去了2000（元）×12（月）=24000元钱。需要说明一下的是，那一家房东坚持一租一年，而且是签合同时一次付清。由此可见，最初，管飞确实是想长期在北京居住下去的。

开酒吧：连租地方带简单装修加上各种桌椅和酒具，据管飞说一共用去了约二十万左右。他的酒吧大约只开了三个月左右就关门了，真是非常不幸。

由此，我们可以得出结论，管飞的北京之行，如果用古时的军事术语说，就是大败亏输、丢盔弃甲，简直比当年他被学校开除离开北京时在心境上还要惨。

管飞回北京的那年夏末，我接了一个烂电视剧的活儿。后来，一切的变故都出在我写完剧本提纲之后，我的感觉是：在我被绑到酒店编故事前，世界很正常，头昏脑涨地从酒店被放出来后，我们每个人的生活也阶段性地随之落幕了。

电视剧是一部所谓的青春片，二十集，导演的思路是，风格要极力模仿日本偶像剧，越像越好，其它可以自由发挥。

故事讲述的是某大学计算机系第八班（简称机八班）的两个男同学是一对在校时的好朋友，他们同时追求一个漂亮的女同学。后来那个女同学选择了其中的一个，我们权且称之为乙同学。

乙同学毕业后越混越不济，而甲同学却越混越好，成了一方老板。乙同学走投无路，只得放弃专业，开始给甲同学开车，当司机。

女同学嫁给乙同学后，生活离当初的想像越来越远，后来女同学开始在酒吧和歌厅当起了陪酒小姐。

终于，有一天，甲同学在歌厅里和女同学相遇了，然后，他们旧情复燃。

当然，后来乙同学最终知道了这件事，他很伤心，没想到自己白天给甲同学开车，自己的老婆却在晚上给甲同学当车开。

乙同学发出了“将相王侯宁有种乎”的嘶喊……

这是故事的前五集，后十五集曲折颇多，而且越编越不像话，不说了。

27

我找到管飞的酒吧，发现短短半个月的时间，他的酒吧竟然关门大吉了。当时我就意识到出了情况，我猜想，如果真是出了什么状况，那应该和许梅有关。管飞一回北京，我就预感到了一种危险爱情的气息。管飞从来没有承认过他和许梅又好上了，但是，他和许梅的关系，后来还是让我撞上了一回。有一天，我闲着没事，去找管飞，撞了锁，就在门口死等他。我没有等到管飞从外面回来，而是从屋里等出了他，当然，还有许梅。

相当尴尬，管飞和许梅手里竟然各拎了一只盛着半截液体的安全套。

许梅看到我，脸微微有些红。

管飞悄悄伸出一只手，把许梅手里的不知所措的东西接过来，一边对我说："我先送她回去，你在屋里坐会儿。"一边把那两个小家伙扔到了楼道垃圾筒里。

许梅强颜欢笑，对我说："好久不见了，你好吗？"

"还成。你呢？"

"也还成。"

屋里有一种说不出的味道，我坐在沙发上抽烟，心里为自己的幼稚有些自责。如果没事，还是少串门为好，毕竟都大了，不是一起住宿舍的时候了，也不是当初只有东四那边一处快乐大本营的时候了。当每个人都有了自己的生活时，哥们儿有时候确实就显得碍手碍脚了。

在我狂敲了一个小时门后，管飞终于出来给我开门了。门打开的瞬间，我想，如果有如此执著的信念，也许这一生我什么都不会丢失的，无论是爱情，还是友情。

管飞的头发很长，像是个潦倒的艺术家，人也变瘦了，脑袋上还缠着一圈白绷带。所谓白绷带，是我知道绷带理应是白色的才对，管飞脑袋上的绷带实在应该叫黑绷带。总之，一副落魄的样子。

“怎么回事？”我问。

“没事。”管飞摆摆手说。

“脑袋是怎么了？谁打的？”

“自己磕的。”

我扳过管飞的脑袋看了看，说：“样子像是砖头砸的。”

管飞乐了：“蛮在行嘛，是不是也让人开过？”

“中学的时候有过一次。”

“为女孩打架？”

“差不多，是为了江彤。”

管飞想了想，道：“她不是刘军的女友吗？”

“是啊，所以也可以说是为了哥们儿。”

管飞叹了口气，摸摸脑袋，不说话了。我看看管飞，忍不住笑了。

“过几天我想走了。”待了一会儿，管飞说。

"不想在北京混了？"

"嗯。"管飞点点头，说，"我想开车回去，一路走一路想想，以后该怎么办。我准备先去青岛，然后再往南开。"

"许梅呢？"

管飞摇摇头，说："算了，不提她了。"

28

几天以后，管飞开车上路了。值得回忆的是管飞走之前，我们一起喝酒时的情景。

"你最大的理想是什么？"管飞问我。

"做面首。"我说，"傍一个女大款，吃穿不愁，性生活也不发愁，还有钱赚，闲暇时还可以写作。"

"不好。"管飞说着开始摇头。

"怎么不好？"

"因为我做过，知道那感觉不好受。"

"真的？什么感觉？讲讲。"

"那是在海南的时候，有一次去泡吧，碰到了一个女的，三十六七岁的样子吧。当时她指我给她坐台陪酒，把我认成了坐台先生。我也纯属是为了开玩笑，让服务生告诉她，我一晚上五千。你猜怎么着？她同意了，立马拍了五千过来。我傻了，当时我是跟朋友们一起去的，三四个人，都是我在海南时认识的一些哥们儿。那帮哥们儿也是跟着起哄，让我过去跟那娘们儿谈谈，我就去了。”

管飞端起杯子喝了口酒，伸舌头舔了舔嘴唇。

“长话短说吧，后来我揣着那五千块钱真跟着那女的走了。那女的有一套相当豪华的别墅，一夜过后，第二天早晨，她开始跟我谈条件了。”

管飞抻了一会儿，猛地一拍大腿：“她对我的服务简直是太满意了，说走遍东南亚没见过像我这样的猛男，死活提出来要包我一年，年薪五十万人民币。我动心了，真动心了。但我当时没答应她，回去得跟哥们儿商量商量。跟人家一说，别人都摇头，说这事根本不可能，那女的不是虐待狂、性变态就是一黑道情妇，这事太悬了，弄不好钱拿不到命都得丢里面去。我多拧一人啊，不信！没不可能的事，没哥们儿摆不平的事，扭头回去就答应那娘们儿了，一个字：行！”

“签合同了吗？”我笑着问。

“签啦，特正式一合同，比你出书跟出版社签的还正式。一年为限，报酬五十万，单方不得毁约，否则如何如何。”

“后来你拿着钱了吗？”

“后来我毁约了，半年以后，实在是受不了了，再下去，用不了一年，我非死了不可。”

“那女的是性虐待吗？”

“不是，没打过我没骂过我。”

“？”那还有什么呀？我摸摸脑袋，实在是不明白了。

“她不让我穿衣服，我受不了了。”

“？”

“她是根本不让我出她的别墅，在里面，一天到晚让哥们儿光着。你想啊，我是一个文明人啊，干什么都行，就是不穿衣服难受。在别墅里，丫穿着衣服，佣人穿着衣服，厨娘穿着衣服，就我一个人光着，这是他妈什么日子啊？她整个把我当个小猫小狗一样的宠物养着，她打电话的时候，我就得一丝不挂地蹲在她旁边让她捋毛。我到那时候才知道了出卖尊严是多么难受的事。”管飞以此作为结语，说完，连连摇头。

“你丫答应她的时候，即使她不这么对你，你丫也早把尊严卖了。”

“没错，”管飞点头，“但凡还蒙着一层温情的面纱我都还能忍受，生活中让我们丧失尊严的事也实在是太多了。”

29

我想把我们年轻时代发生的事情一一记录下来。一切以后都不会再来了。以后，我是指多年以后，十年？太短了。二十年？三十年？我不知道那时候我们是不是还会彼此记起，彼此一想起从前任何的一个朋友就充满了温暖。那时候我们一定是天各一方了，各自有了各自的生活，一想到这些我就感到失落。

没什么了不起的，这就是生活啊。我对自己说。

没什么奇怪的，这就是生活啊。我对女友们说。

这算什么啊？这种事我见多了。我对哥们儿们说。

为了生活，我们可以出卖我们的身体和青春。

为了生活，我们可以放弃我们的理想和追求。

生活就是交换，交换物品，交换金钱，交换身体，交换快感。

面对生活，就像是面对着一个比你精明一千倍的商人在做生意，你只有先付出，付出他想得到的东西，然后再谈得到。

有可能你都不知道你想得到的是什么，生活给你什么就是什么，丫就是这么蛮不讲理，你闭着眼睛听天由命地等着就是了。

反正都是死，左右活不了，里外不是人。当你想谈论生活时，你会发现你已经处在这种尴尬的局面中了。

转过年头，我们都是二十七岁的人了。在别人看来，似乎我们还很年轻，但我们自己却知道我们已经开始变老了。那一年，我就是这样，常常有种已经老了的感觉，生命仿佛进入了平缓的中年。有一次，我就是这样对一个女孩说的。

女孩这样问我："听说你从前是一个愤怒青年？"

"不，我是个逃离主义者。"我说。

"所以才会退学，才会辞职，是吗？"

“没错。那时候很不安分，总是希望尽可能地去生活，尽可能地摆脱掉自己生存空间的局限，所有没有经历过的事情都想去经历一下，也都敢经历一下。”

“你现在还在按照这种生活方式生活吗？”

“不，”我说，“我已经人到中年。”

女孩眼睛瞪得差不多和她的眼镜一样大了。“二十七岁？”她问。

“对，”我说，“关健是心态老了，社会环境也和从前不一样了。”

年轻的时候，我总是希望抗拒一切，后来才知道，这世上许多东西人都是抗拒不了的，最简单的例子就是衰老，其次还有金钱的诱惑、美女的诱惑等等，实在是太多了。

当你还拥有青春的时候，你可以抗拒一切，这就是所谓的青春无敌。当你开始感觉到从前坚信过的完全与世俗无关的信念渐渐消退的时候，你的心态就是老了，你不再胆大妄为，变得小心翼翼，你开始害怕失去，变得精于计算。从前你一无所有，但是拥有希望，拥有从头再来的勇气和力量，而人到中年后如果突然失去了一切，那简直意味着生活的崩溃。看看证券交易所那些中年股民就知道了，当他拿着一把废纸阴沉着脸走到街上时，不是去跳楼就是回家去犯心脏病了。

30

到了二十七岁，我决定用网络写作这种方式来打发日子。在很长一段时间内，我拒绝去酒吧喝酒，拒绝会见朋友，拒绝泡妞，甚至拒绝下楼。每天我奋笔狂书，写的东西不着边际，几近胡言乱语。停笔的时候，我面对着窗外的夜色发呆，想像着管飞孤单的旅程，不知道他今晚会在怎样的地方过夜，会碰到怎样的人或者怎样有意思的事。

在我不上网不打电话不睡觉的时候，我都会想起管飞，想起刘军，也想起从前的黄力和齐明，想起从前的日子，那些身边没有手机和电脑，而有许多女孩和许多朋友的日子。

那些日子意味着温暖和浪漫，于是我怀念，于是我不断去回忆。

回忆毫无意义。这我知道。但是，这就是我要写的全部内容。怀念那段逝去的时光才是我想要的。自从管飞开着车独自去旅行后，我们生活中的趣味和欢乐仿佛也被带走了。在某种意义上，从前，那些我们曾分别喜欢过的女孩也随之走远。那些喜欢穿白色衣裙的女孩，那些喜欢说笑的女孩，那些大方活泼开朗的女孩。那些他们喜欢过我也喜欢过的女孩。然后，这城市只剩下了孤孤单单的我。

我的作品只在我个人的网页上发布，访问的人少得可怜，几乎等于在自说自话。我写的内容全部是关于爱情和友谊的，以我的阅历，确实在从前的生活中未曾经历过任何足以称之为重大的事件，除却一些若有若无的友谊和质量不够达标的爱情。

偶尔，极其偶尔，也会回想起林雪、叶蕾以及那些鲜花一样的女孩们，甚至会想起从前朋友们喜欢过的女孩，江彤、许梅、张颖。不知为什么，女孩们似乎永远生活在夏天，都穿着白色的衣裙。可能是我的记忆对过去作了修改，也可能只有一身纯白的女孩才会牵动我少年时的目光。

如果不是特别不幸，我想那些女孩们现在都已变做了少妇。不知道她们在傍晚归家的拥堵等待中除了会想起丈夫和孩子，想起今晚要做的晚餐和要洗的衣服，是否还会记起一些别的什么，比如，曾经喜欢过的某一句短诗，曾经有过的不属于丈夫的初吻，已经逝去的年少时的情怀……

“老实说，我真不知道自己有什么看法。很抱歉，我竟跟这许多人谈起这些事。我只知道我很想念我所谈到的每一个人，甚至……比如……说来好笑，你千万别跟任何人谈起任何事，你只要一谈起，就会想念起每一个人来。”

知道上面这段话是谁说的?

没错，语出 J.D.塞林格。《麦田里的守望者》。

没办法，别人比我们聪明一点，他们总能说出我们想说但说不出的话，或者，把我们想说的话抢着说了出来。

背景：护城河边

——由此开始，在此终结

那年，夏天接近尾声时，我和一个陌生女孩相约去海边。理由我现在已经记不真切，只记得好像她曾经这样问我，说：“如果一个人很绝望，应该怎么办？”

我随口回答：“绝望的人应该去旅行。”

几天以后，女孩开车带我上路。我们一起去了青岛，在那里停留了三天。出发前，女孩说，那将是一次伤心的旅行。回来以后，她告诉我，旅行非常愉快，准确地说，应该算是一次为了忘掉伤心然后重新开始生活的旅行。

看得出来，女孩确实又重新变回了那个像孩子一样单纯的从未被爱情烦恼袭击过的从未被失恋俗尘污染过的自己。

沿途的景色时而让女孩开朗，时而又让她忧郁。女孩考到驾本尚不到一年，在过一个高速路的关卡而没多久，一辆警车追上了我们。

“怎么办？”女孩停车时说，“肯定是我的新驾本不能上高速的缘故。”

事实证明是一场虚惊。交警冲女孩敬个礼说：“小姐，刚刚你交的过路费是一张假币，能不能换一张？”

“是吗？”女孩拿过那张钱看了看，说，“好吧，您看哪张是真的就拿哪张好了。”

说着，女孩把自己的钱包打开，递了过去。

警察被逗乐了。

在看秋天的海上日出时，为了取暖，我和女孩相拥。

女孩说：“要是能永远这样就好了。”

“永远哪样？”

“永远彼此给对方温暖。”

“是很好。”

“以后我想起你就会感到很暖和的。”

“我也是。”

“以后有什么打算？”

“不知道。你呢？”

“我也不知道。”

女孩点点头，说：“但愿十年后我们还会再见。”

我看看她，没说话。

“像一场梦。”女孩说。

“十年后的事？”

“不，认识你。”

“确实。”

回北京后，时过境迁，女孩曾对我说，按她最初的设想，在旅途中，我是一定会爱上她的，可是，最终却没有。她总结说，这或许就是生活的残缺感，意味着生活的不完美。

“没关系，以后日子还长着呢。”当时，我这样对她说。

事实上，我也知道，就算以后日子再长，这段未完成的生活已然彻底结束，永不会再继续下去了。生活与文学最大的区别就在于，现实中的尾声从来就与最初的设想完全不相干。现实中的约定，也总是失约的时候多，践约的时候少。

现实中，除却一些值得回忆的片段，永远不会有像书里那般精彩的故事，而我们，总是不自觉地把自己的生活想像成书中的故事。

这就是我们总产生缺憾感的原因。

事实上，从青岛回来后，我被某种突然而至的激情所驱使，写下了这部书的第一句话：“从前，我曾经谈过一次刻骨铭心的恋爱。”由此，一发而不可收。

写作之余，我会常常去护城河边散步。护城河边，是我回忆往事时，常常能够记起的一个场景。我和初恋的女孩，就是在护城河边相识的，那也是我们常常约会的地方。坐在护城河城的草地上，她曾经对我说：“我打算终生独身。”

“为什么？”

“因为那样很美，很自由。我讨厌婚姻。”

还是坐在护城河的草地上，她对我说：“我不想活得太长，我想在我最美的时候自杀死掉。”

同样的场景，她说：“我想和你做一辈子的朋友，永远也不失去联系。哪怕以后我们去了不同的城市，你结婚了，或者出国了，我们都要保持联系。”

印象中，还是在那里，进入秋天的时候，她说：“我恨你。我恨不得杀了你。我永远也不再想见到你了。”

仿佛寻找从前生活的影子，每当停笔，我就来到护城河边。对我来说，护城河是我青春时代的一个象征。黑暗降临以后，我走到安定门立交桥上俯瞰河水，俯瞰从前，内心充满了伤感。

一晃，时光就那么在人群的拥挤和熙攘中过去了。那一段日子，那一段已经被流水带走的光阴，生活几乎全部是围绕着护城河展开的。护城河里流动的浑浊的水里不仅有各种各样的污染物，还应该有我青春的记忆。

某天晚上，我站在护城河桥上密集而陌生的灯火和人流中回望昨天，不由产生了一种搞不清自己面对的是现实生活还是梦中幻景的错觉。

从前的护城河边，那些已经逝去的时光。楼群间的夕阳，脉脉流动的河水，下班时二环路上川流的自行车和汽车，坐在岸边草地上躲避自己固有生活程式的孩子构成了护城河边的全部风景。

在我记忆中出现的护城河是指从东直门到安定门再到德胜门的这一段。在这一段的护城河边分布了东直门中学、北京一中、54 中、22 中、25 中、177 中等等从市重点到“痞子窝”不同档次的学校。这些中学像集邮册之于邮票一样收集了家住在护城河两岸的处于青春期的孩子们。所以这一段的护城河与友情和恋爱有关。这一段的护城河也与青春冲动有关。这是构成护城河边的另一种风景。记忆深处的风景。第一次恋爱，第一次约架，第一次抽烟，第一次喝醉……或许还有第一次思考人生吧。

恍惚之间，我看到年轻的我们成群结队地在马路上骑着单车，左右穿行，后车架子上带着那些没骑车的哥们儿或女孩，一路喧哗，呼啸而来。

现在，昨天的“我们”变成了记忆中的“他们”，他们随着成长的过程随着纯真的渐去而从我的生活中一个个消失。纯真，是不是现在我的心中也没这种东西了？也许它移到了我们内心深处更深的地方，被不知不觉地小心翼翼地隐藏了起来，也许像是许多被埋进了土里的东西，慢慢被腐蚀了，上锈了。

回顾我的青春期恋爱，回顾我的成长过程，我想当时在我们的生活中肯定缺了某些东西，某些非常重要的东西，致使我们的生活显得极不完美。

我不知道缺失的是什么，我不知道一切是因为什么。

我唯有无力地写下这些字，作为纪念。这是某个人的绝版青春，这是某个人的恋恋风尘。就像歌中曾经传唱过的，全部的年轻时光，美好得像一场刻骨的暗恋。